宝石之国

4

市川春子

登場人物介紹

紫翠玉

硬度／八・五
不只是單純的月人
研究狂。
其實藏著祕密。

辰砂

硬度／二
負責夜間巡邏。
持續與他人孤立中。
夏服因為會弄髒
所以不穿。

磷葉石

硬度／三・五
主角。
雙手沒了。
心好像也要沒了。
我在這裡能說的
就這樣。

紫水晶

硬度／七
有時連本人們
都不知道誰是誰。

紅綠柱石

硬度／七・五
時尚是命。
時尚是愛。
做太多花的髮飾，
累壞了。

金紅石

硬度／六
醫師。
美腿。
有點瘋。

黑曜石

硬度／五
別看他樣子好像很柔弱，
其實負責武器製作。

南極石

硬度／三
除了左腳以外
都在月亮。

黑鑽石

硬度／十
只要與戰鬥有關
就會滔滔不絕，
也許單純就是個
戰鬥宅。

黃鑽石

硬度／十
最年長的大哥。
既大方又大膽。
這正是長壽的祕訣。

鋯石

硬度／七・五
正經。
晚輩中的晚輩。

金剛老師

硬度／？
最強最恐怖的老師。
不過會立刻睡著。
總覺得哪裡怪怪的。

鑽石

硬度／十
可愛。
其實還是很強唷。

翡翠

硬度／七
議長。
非常正經。

藍柱石

硬度／七・五
書記。
天氣預報命中率
８３％。

目次

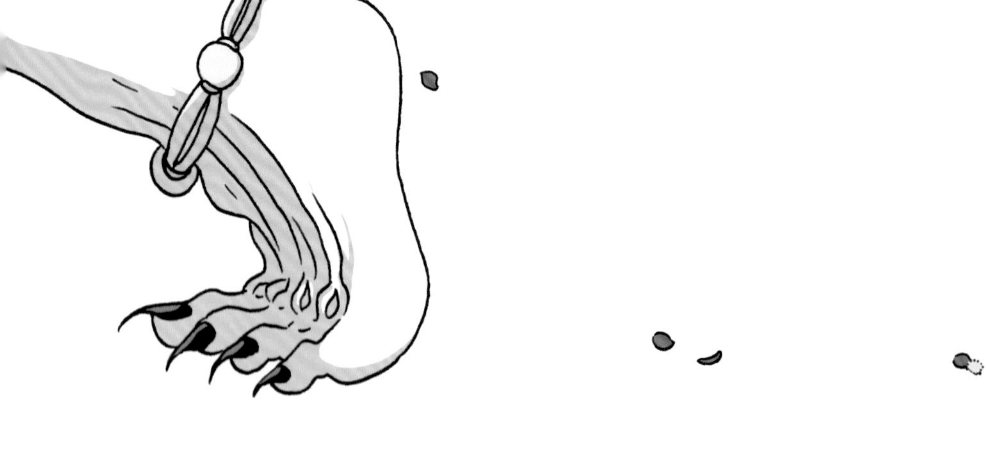

第二十一話
春

當我沒說。
……我該不會，
狀態很糟吧？
好像是滿糟的……
發夏服囉～～～

南極石，
在第二十二天被抓走了。
他竭盡全力與月人奮戰，
但我還是沒能及時趕到。
對不起。

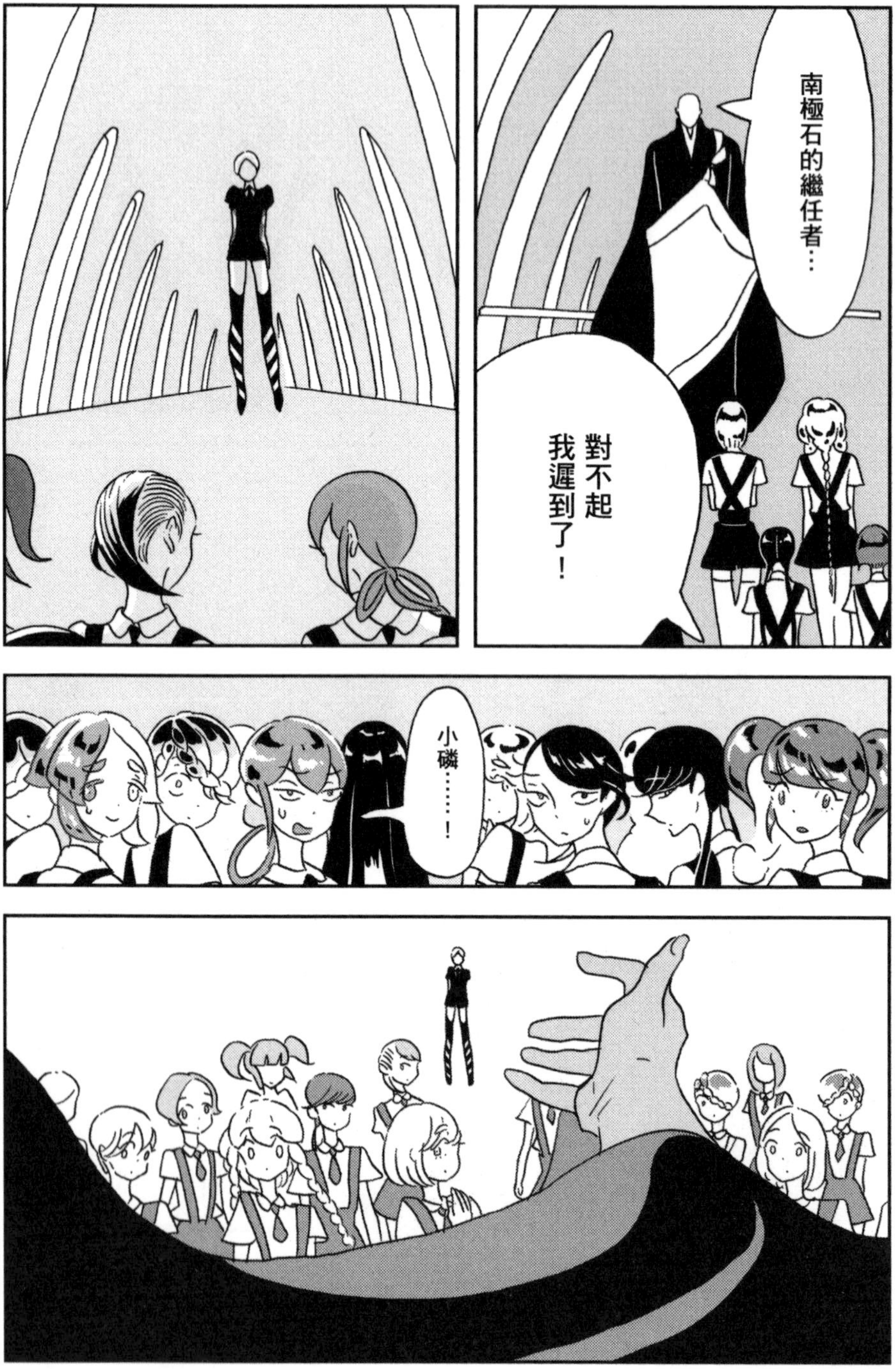
南極石的繼任者…
對不起 我遲到了！
小磷……！

南極石的繼任者，
由磷葉石擔任。
什麼?!
敘述一下南極石被抓走的過程與細節吧。
是。

有覺得他散發的氣息變了嗎？
有……
南極石，
為了保護我而被抓走了。
伸長
我說明一下當時的狀況。

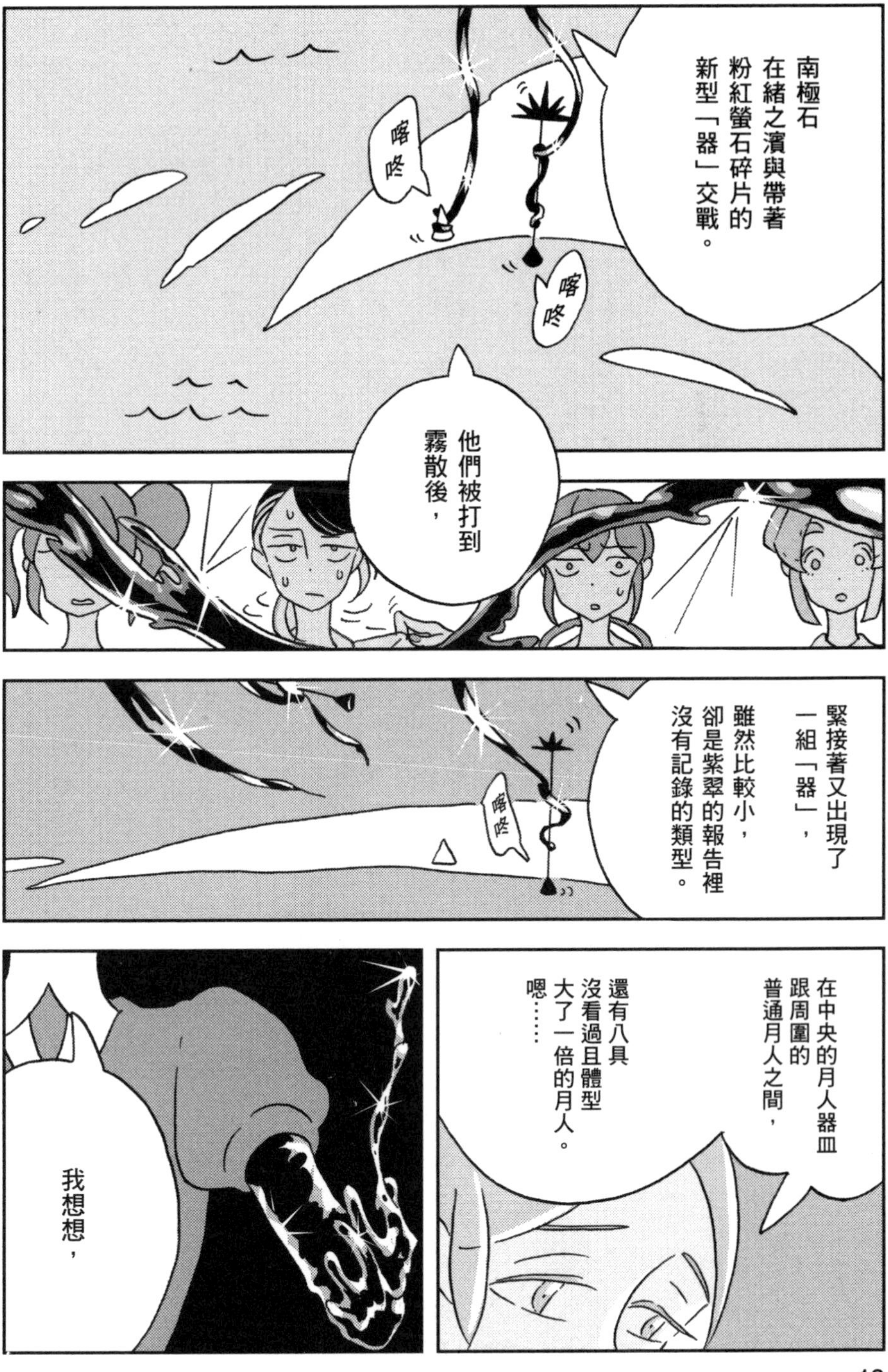
南極石
在緒之濱與帶著
粉紅螢石碎片的
新型「器」交戰。
喀咚
喀咚
他們被打到
霧散後，
緊接著又出現了
一組「器」，
雖然比較小，
卻是紫翠的報告裡
沒有記錄的類型。
喀咚
在中央的月人器皿
跟周圍的
普通月人之間，
還有八具
沒看過且體型
大了一倍的月人。
嗯……
我想想，

大概這麼大。
環坐在器皿周圍，並且射出箭來。

小磷，
那是…
你的…？
手嗎…？
啊，
對啊。
我的兩隻手都被流冰帶走了，所以用金與白金的合金代替，幸好順利接上，索性就直接用了。

沒、
沒有那麼危險。我覺得啦…
鏗啷
啊
哇
這樣啊，
原來，
這麼奇怪嗎？
之前我還不怎麼在意全身變花俏，

現在反倒難為情起來了……
手就不用了，反正一伸長白粉就會脫落。
好的好的。
……
辰砂過得好嗎？
一如往常囉。
在意的話，
何不直接去找他？
不了，
跟他沒有話講……

好~厲~害~！
別推！
別推！
看不見啦—
小磷！剛剛那個伸長的手手！再給我們看一次啦！
啊？

那個會累耶……
你，搞什麼啊！
是怎樣？冬服都破破爛爛，體型還變了！夏服要重做了啦！
還有，不要隨便給我換髮型啊！
我都是照心中對你的印象設計的耶！
哇！
軟軟的！
果然變大隻了！
因為體內含有大量的合金，體型也就變大了。
怎麼會有這麼高跟鞋！
好帥！
可惡！
好酷喔
好噁心！

小磷～～～
還能繼續伸長耶！
輕輕鬆鬆
這手是怎樣！
問你喔～～～你的劍，要直接用小南的嗎～～～？
我是要怎麼做手套啦！
乾脆這樣啦～～～我直接把劍接在你的手上，一定又狂又帥！
衣服先脫掉吧～～～
哦。
那等等先不要穿回去，
我正想來解剖…
哇！
假的！

想要再多搓幾下～♡
想要解剖～♡
想要改造～♡

變強了，滿足嗎？
沒什麼好事。
我想也是。
那個什麼的合金，

讓我來試試看
砍起來手感如何。
等等！
砍
不准動！
黑鑽！

過分～！讓我先捏捏他啦！
那你來壓住他。
看我的～♡
哇！
是假的！
融掉

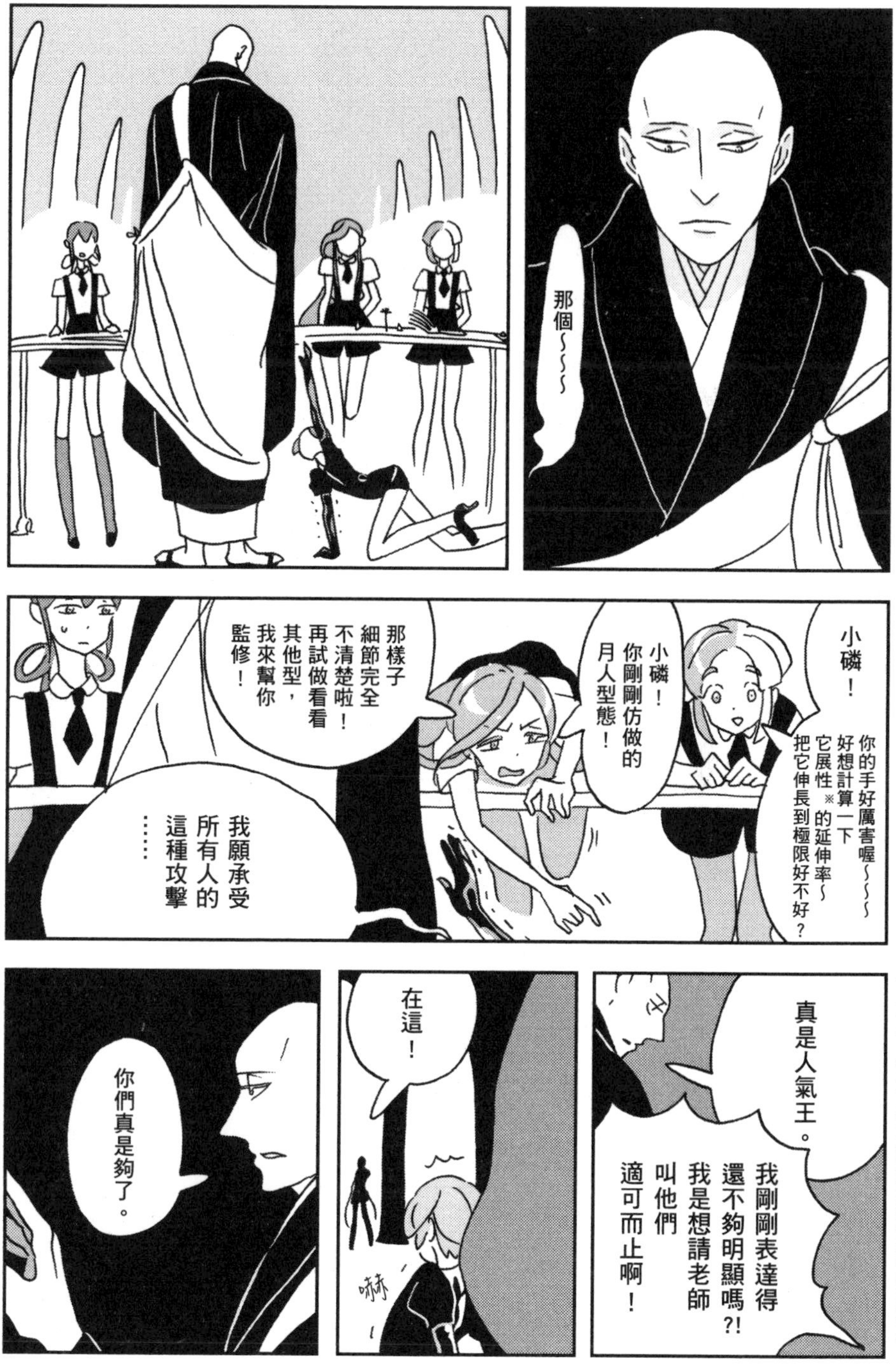
那個~~~
小磷！
你的手好厲害喔~~~ 好想計算一下它展性※的延伸率~ 把它伸長到極限好不好？
小磷！你剛剛仿做的月人型態！
那樣子細節完全不清楚啦！再試做看看其他型，我來幫你監修！
我願承受所有人的這種攻擊……
真是人氣王。
我剛剛表達得還不夠明顯嗎?! 我是想請老師叫他們適可而止啊！
在這！
你們真是夠了。

※譯註：延性（受外力拉扯能延伸為細絲而不斷裂）與展性（受外力鎚擊成薄片而不破裂）皆為金屬的特性，磷葉石的手恰好由延性最好的「鉑（白金）」及展性最好的「金」組成。作者此處原文只提到「展性」，推測應該是指金屬整體的「延展性」。

想弄小磷
得照順序。
好—
請排隊。
ダッ
溜
開玩笑的。
他不在了。
我都說是開玩笑了……
他聽到這句前就跑了……
不過，

有強大的力量，
孤獨
就會伴隨而來。
……那
老師也有感到
孤獨的時候嗎？
祕密。
?!
啊
議長—
怎麼可以這樣—
老師—
我也要—

怎麼回事……
怎麼會累成這樣……

〔第二十一話　春〕　終

第二十二話 改貌

嗨、嗨～
早安啊。
手也不見了
是吧？
哎呀，
只是想換個造型
轉換一下心情啦。

那個，
你的工作，我找得滿順利的。
哎呀、我是想說啦、其實啊，沒想到會那～麼順利！
反正，

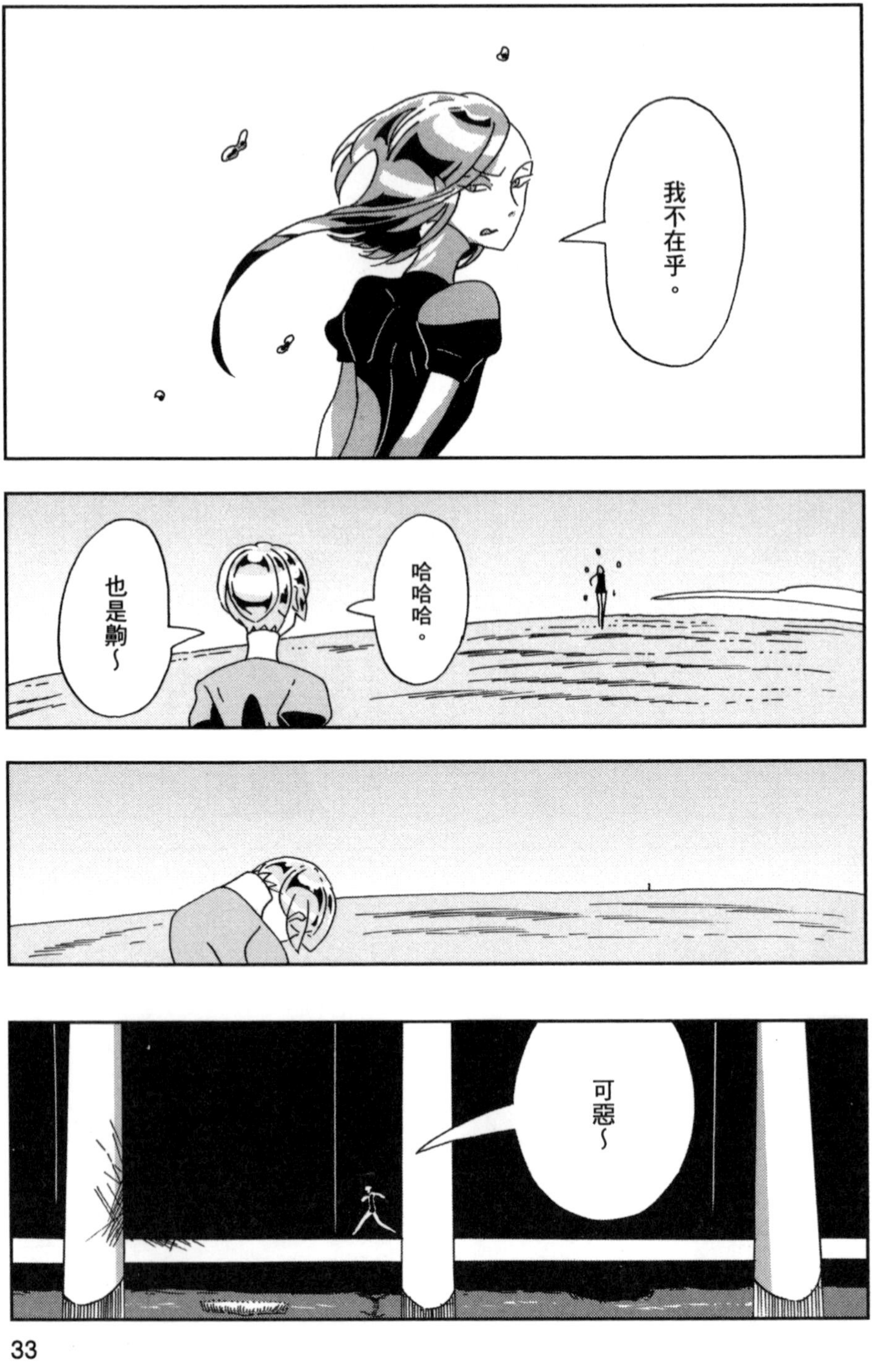
我不在乎。
哈哈哈。
也是齁～
可惡～

我被他看出來在說謊了吧～～～
不過他都沒變也是好事啦。
沒辦法啊，連個線索都沒有……
是說我現在光是忙自己的事實在就……
小磷！
嚇
找人家什麼事？
剛剛真對不起耶，一群人那樣纏住你。
老師又睡著了啦。
哎呀～～～～

好像已經撐到極限了。
老師敵不過的只有睡意啊。
ぐらん
搖來
ぐらん
晃去
都是因為我後來都不睡了，老師就陪我一直醒著啊～～～～
我真是不應該。
所以，我們已經換成老師午睡時的輪值方式，手邊沒事的人都會加入。
想說問問看你要不要也加入巡邏。
巡邏啊。
OK～
啊……

真的沒問題嗎？
行啦，行啦。

當初，
那麼憧憬參與的戰爭，
現在已經覺得
只是一份
危險的「工作」而已了嗎？

小磷！
呃…那個，
我來秀點厲害的給你們看吧～～～～
嘶……
嘿，

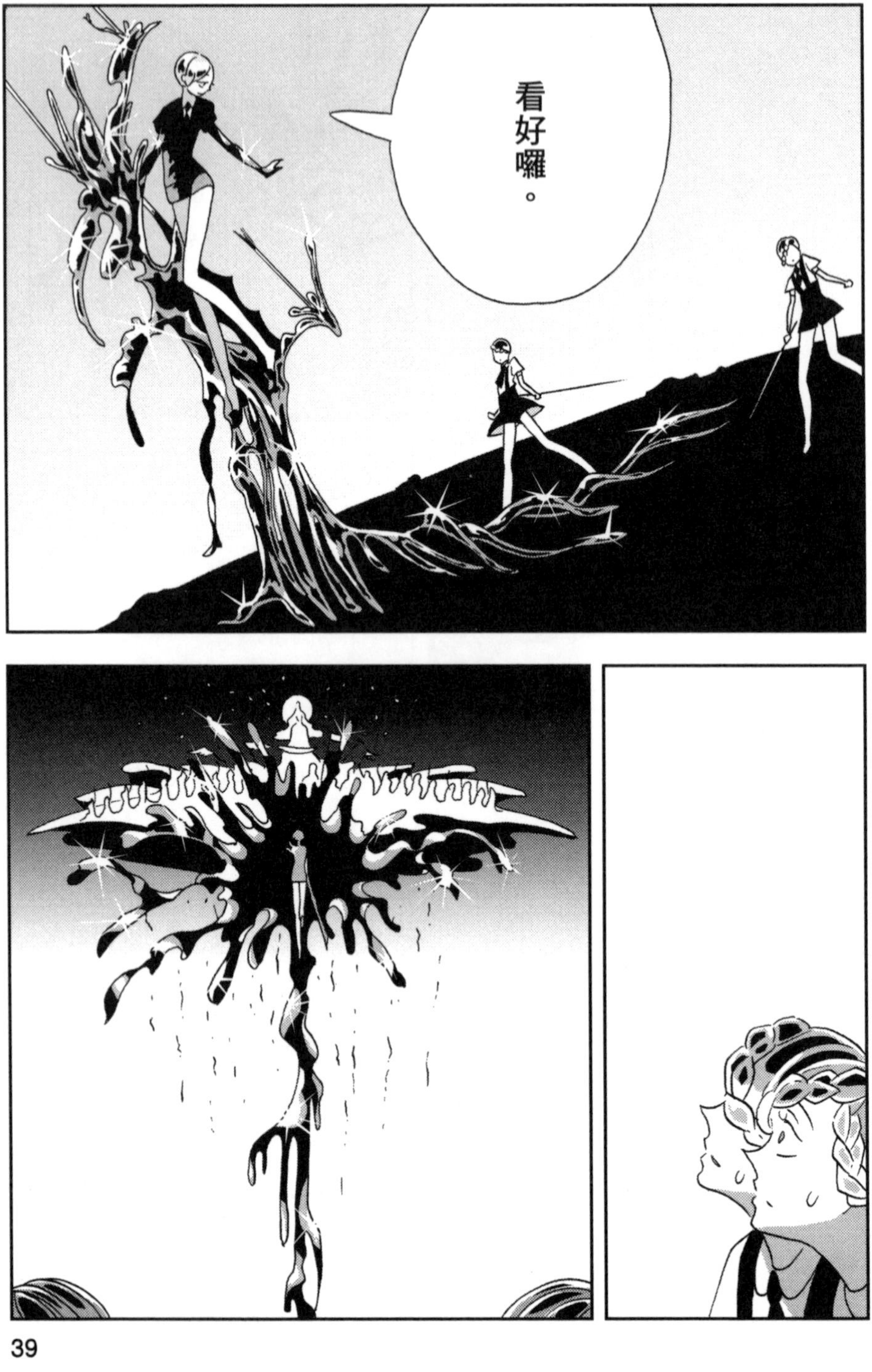
看好囉。

不過啊，
今天沒有老師幫忙，
而且又有兩個人，
精神要集中。

唉～
又沒中。
是舊式的……
咻

差一點。
不過，
結果還不賴。

危險！
危險！
抱
抱
好厲害～！不敢相信跟當初動不了的小磷是同一個人耶！
哈哈哈
啪啦
太好了～
多虧你們啦。
已經獨當一面了～

好厲害……
剛剛那是小磷？

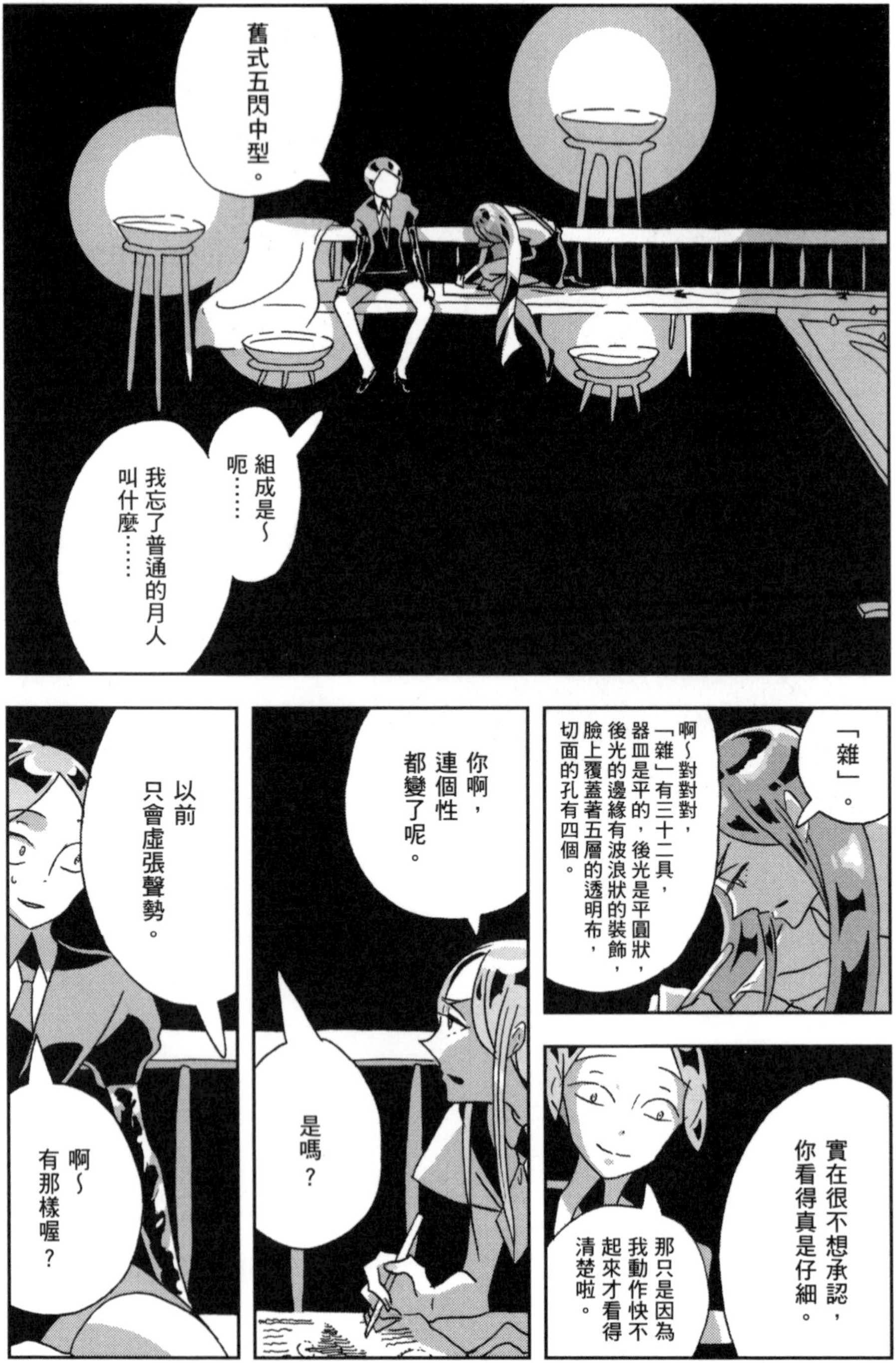
舊式五閃中型。
組成是～呃……
我忘了普通的月人叫什麼……
「雜」。
啊～對對對，「雜」有三十二具，器皿是平的，後光是平圓狀，後光的邊緣有波浪狀的裝飾，臉上覆蓋著五層的透明布，切面的孔有四個。
實在很不想承認，你看得真是仔細。
那只是因為我動作快不起來才看得清楚啦。
你啊，連個性都變了呢。
是嗎？
以前只會虛張聲勢。
啊～有那樣喔？

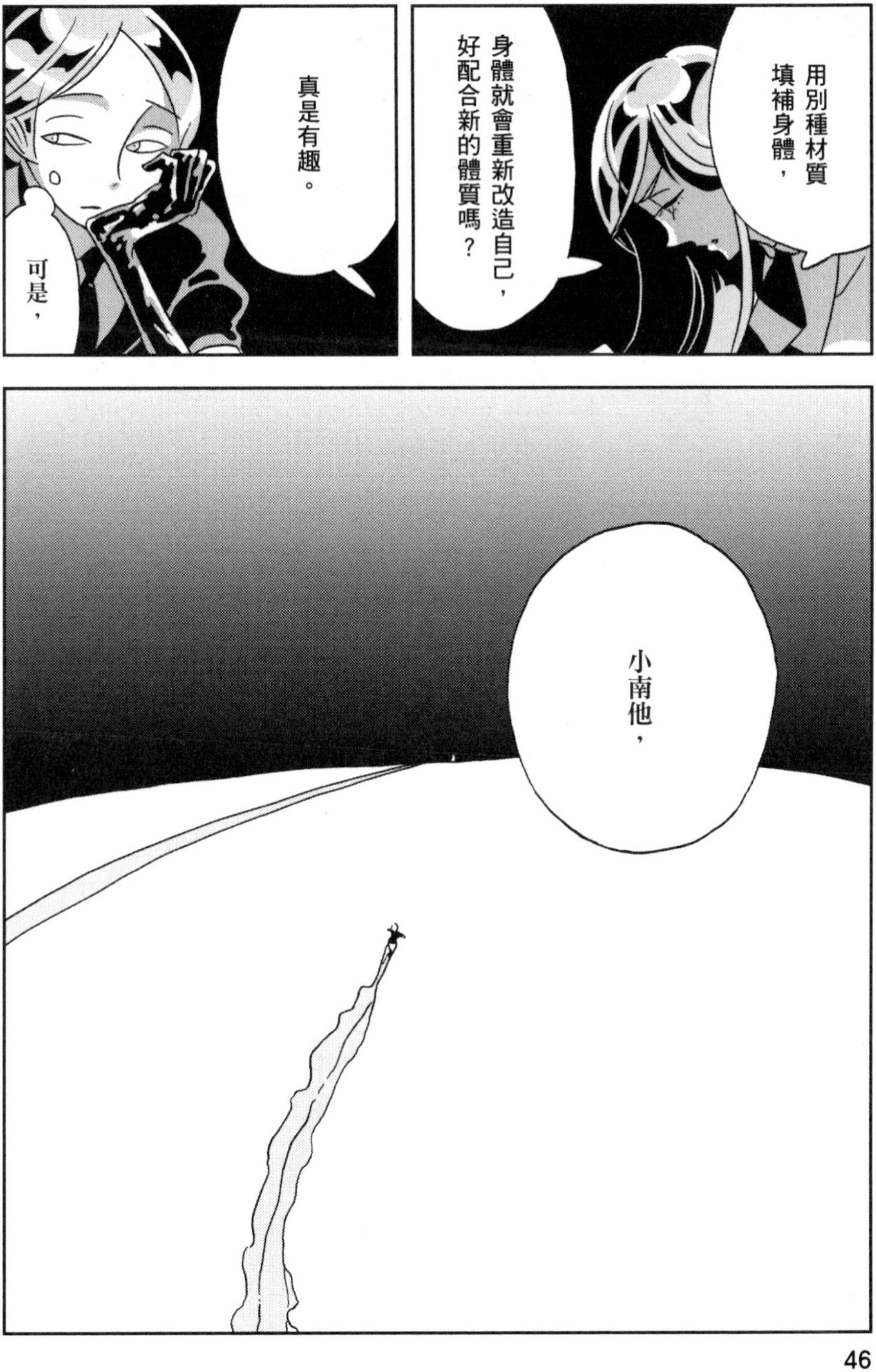
用別種材質填補身體，
身體就會重新改造自己，好配合新的體質嗎？
真是有趣。
可是，
小南他，

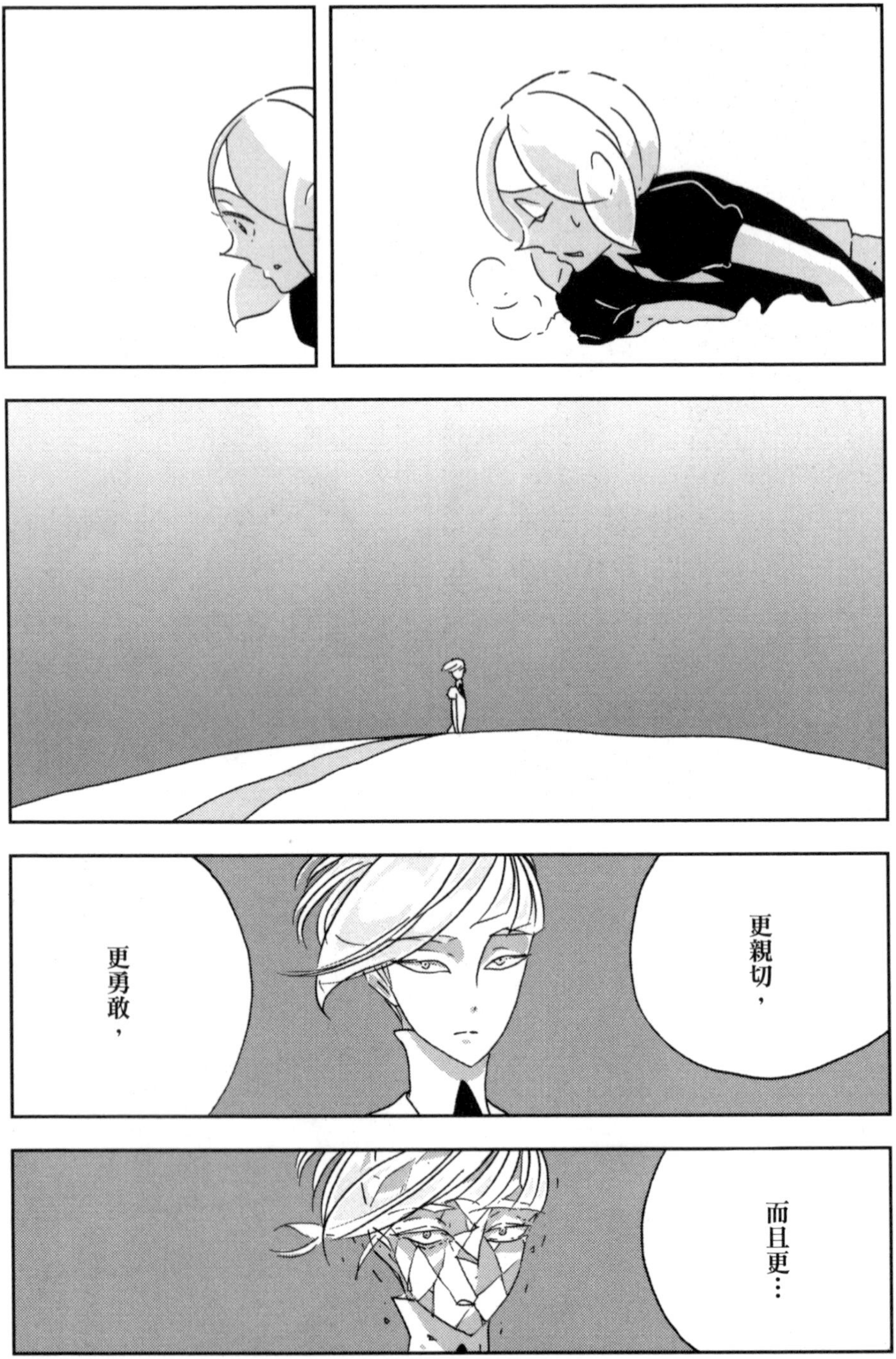
更親切，
更勇敢，
而且更…

嚇
好！
寫好了！如何呀！
棒透了。忙到半夜辛苦你囉。
下次也拜託你了！
小磷！
你真的不睡覺嗎？
這樣啊……
哦，會打個盹瞇一下啦。
我都還沒很瞭解現在的你，想拜託你明天也幫忙巡邏都覺得不好意思，不過可以的話想暫時麻煩你……
OK～
老師醒來前我會不休息去幫忙的。

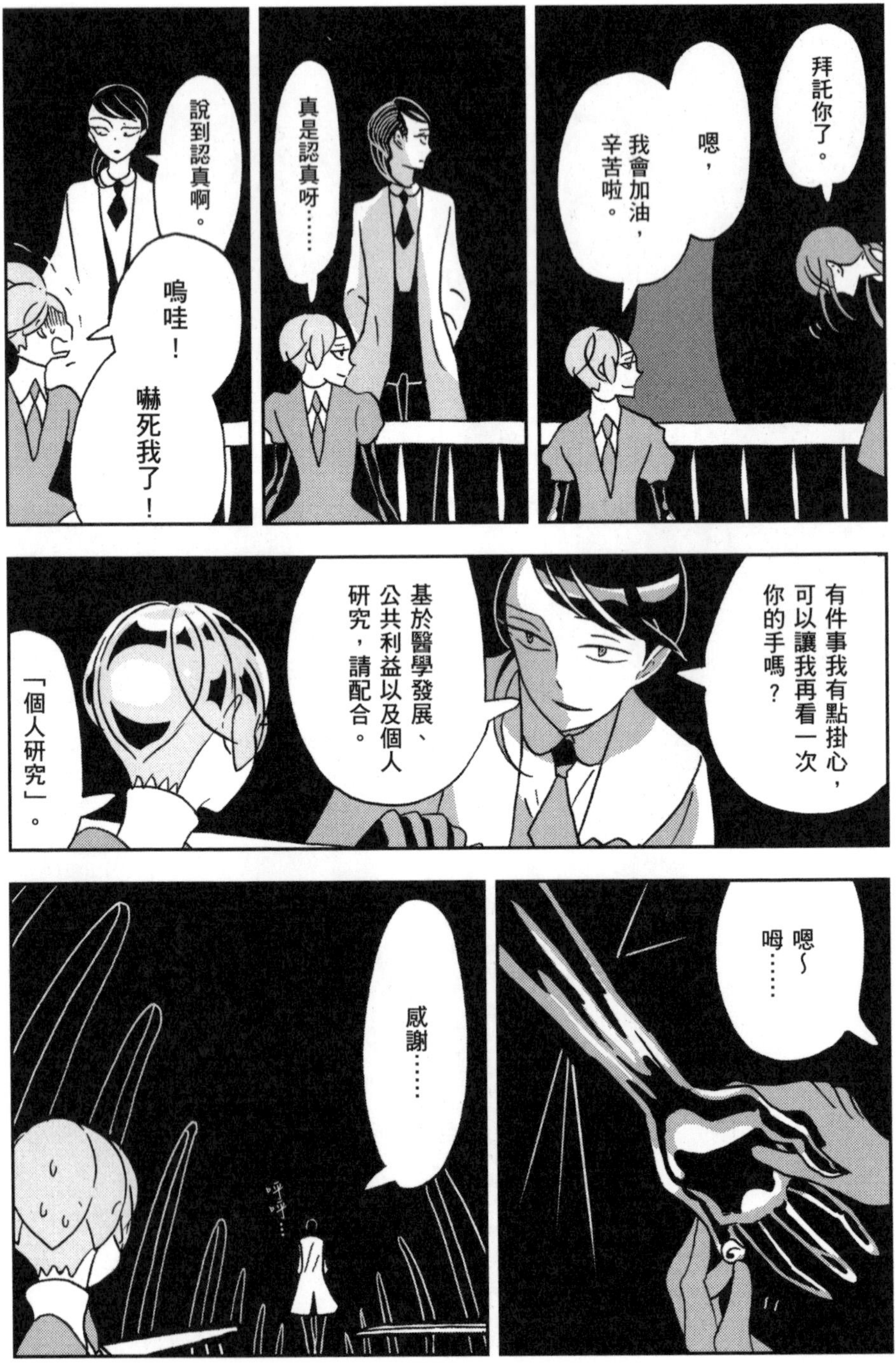
拜託你了。
嗯，我會加油，辛苦啦。
真是認真呀……
說到認真啊。
嗚哇！嚇死我了！
有件事我有點掛心，可以讓我再看一次你的手嗎？
基於醫學發展、公共利益以及個人研究，請配合。
「個人研究」。
嗯～唔……
感謝……
呼呼……

……
下一位…?

磷葉石。

〔第二十二話　改貌〕　終

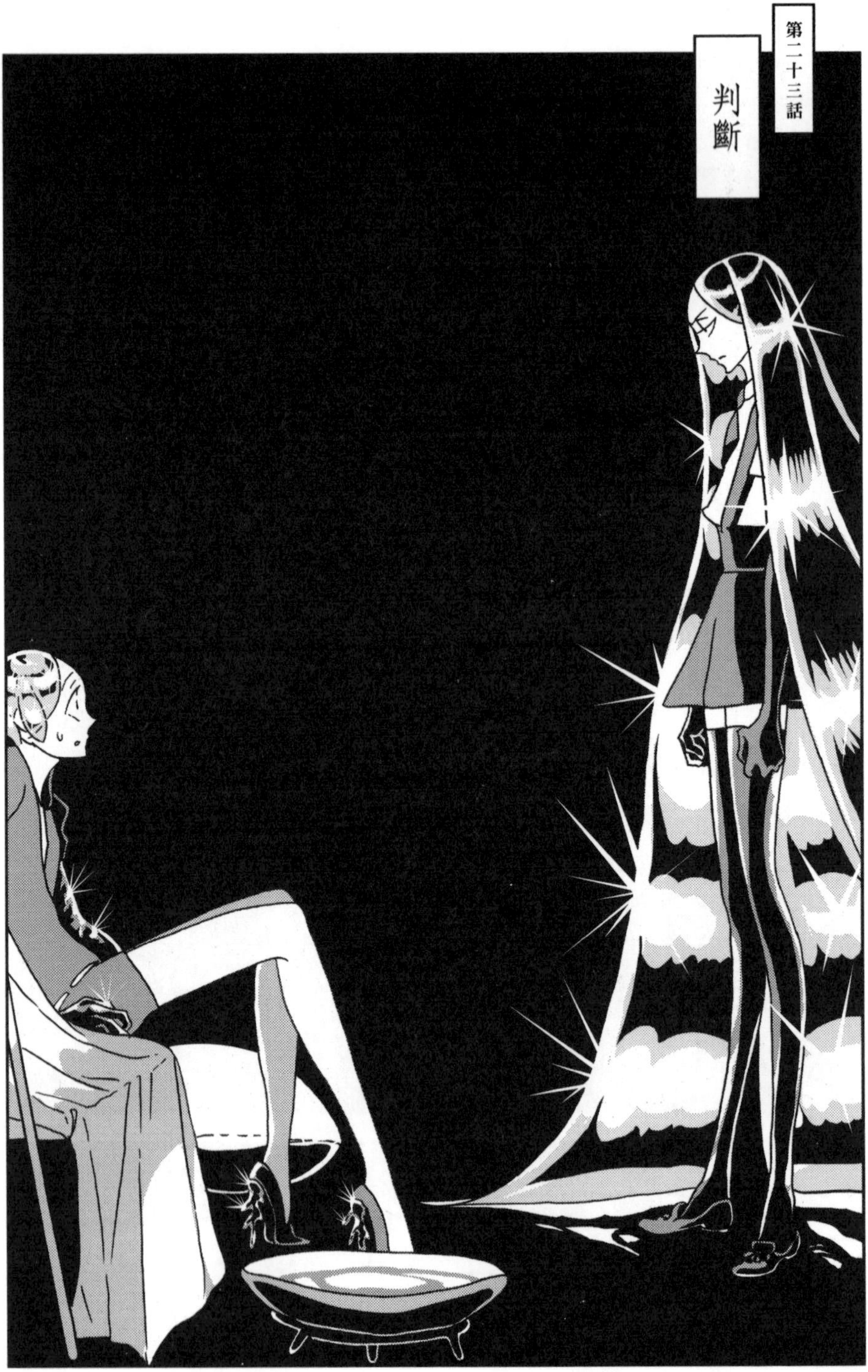
第二十三話
判斷

什麼？
跟我搭檔。
集中！
ビクッ
抖

你劈開器皿以後，
發現裡頭沒有小南的碎片，很失望是吧？
嗚
那樣總有一天會被攻擊到。
……
跟我搭檔就可以彌補這項缺點，
還能發展出又新又更有效率的戰鬥方式。

……
此外！
揮劍時多餘的動作太多了！
切入時要淺而俐落；進入後要讓劍的重量自然帶著你；抽出時要把劍慎重並迅速地收回。
要是沒有直的劈開器皿的話，確認內容物以及判別新舊型的速度會太慢，
這樣就無法流暢地進行下一個閃避行動！
我正在思考，給我安靜點！
你下判斷的時間太慢了！
怎樣？要單挑嗎？我可沒像以前那樣怕你咧～
腦袋哪可能轉那麼快啊！
你說什麼？
騙你的～請給我一點時間想想。

……既然都到了這種地步，
只好使出殺手鐧了。

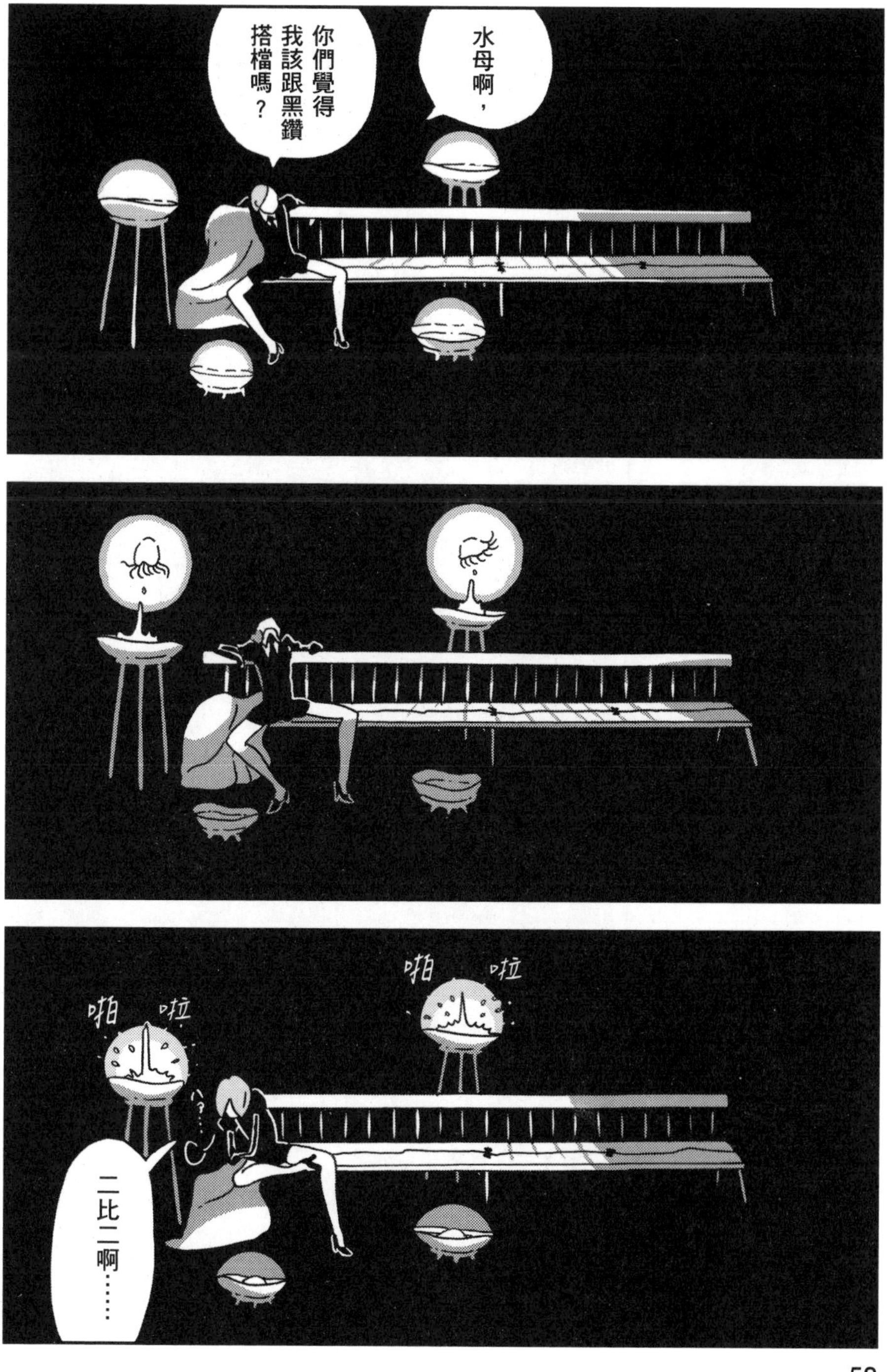
水母啊，
你們覺得我該跟黑鑽搭檔嗎？
啪啦
啪啦
二比二啊……

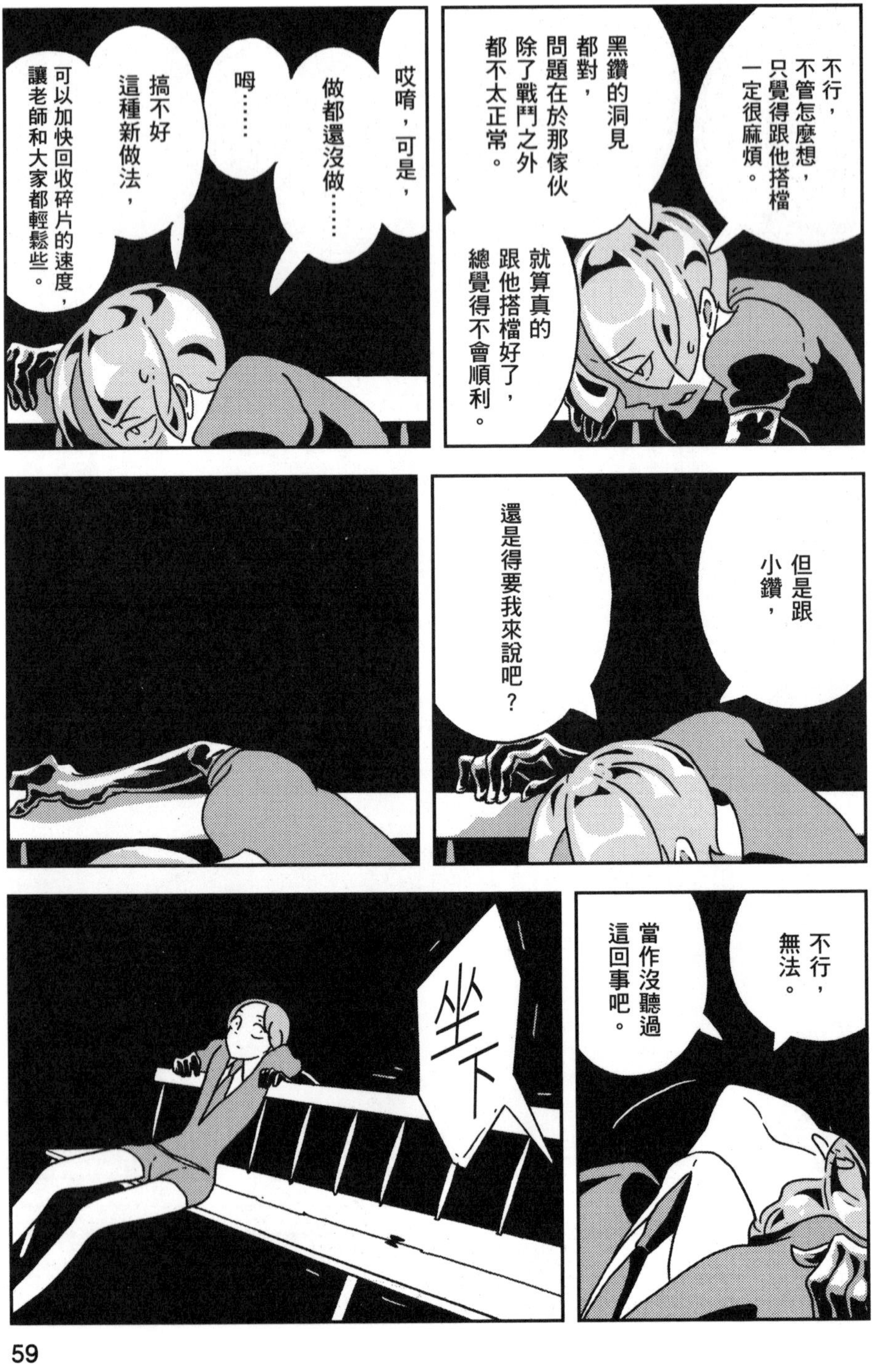
不行，不管怎麼想，只覺得跟他搭檔一定很麻煩。
黑鑽的洞見都對，問題在於那傢伙除了戰鬥之外都不太正常。
就算真的跟他搭檔好了，總覺得不會順利。
哎唷，可是，
做都還沒做……
嗯……
搞不好這種新做法，可以加快回收碎片的速度，讓老師和大家都輕鬆些。
但是跟小鑽，
還是得要我來說吧？
不行，無法。
當作沒聽過這回事吧。
坐下

啊……
所以，
你是要說面對麻煩不逃避也是種勇氣吧？
小南。
起身
知道了啦……

就是這麼一回事，
所以我想說要不要試著跟黑鑽搭檔看看…

晃
開玩笑的啦～
掰。
好好照顧黑鑽喔。

就是說嘛。
你現在那麼耀眼，
那孩子怎麼可能會沒看到呢？
再說，建議小磷改變一下的是我自己，
沒辦法囉。

雖然這個弟弟有點古怪，還是拜託你了。
……嗯，那傢伙是怪怪的沒錯，
反正應該行不通啦。
喂！
你不要說弟弟的壞話！
在那邊坐好！
バッ
掀開
呃，
是——！

哼
喀

等…
危險啦，你的頭髮！
才剛搭檔就攻擊我。
搭檔!?

金紅石！
翡翠！
你們該不會允許黑鑽跟小磷搭檔吧？
對，不過一如往例，這只在老師休息時有效。
這決定說到底還是暫時的，我們只是一致認為老師會說還是有必要做點新嘗試。
小鑽怎麼說？
沒事的。
啊，你在啊。

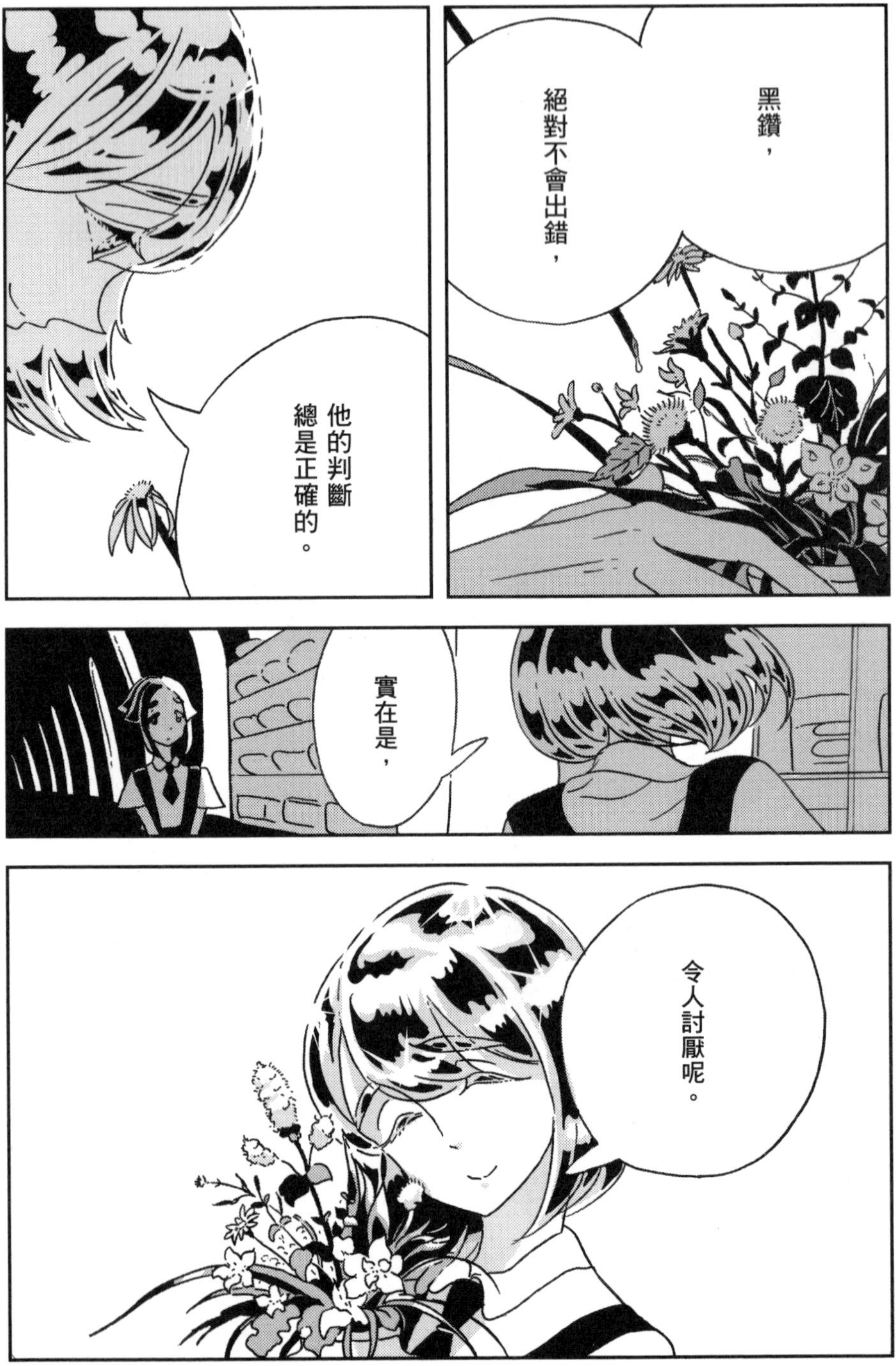
黑鑽，
絕對不會出錯，
他的判斷
總是正確的。
實在是，
令人討厭呢。

你最危險的部分，
是直到箭射出才有反應，
聽到弦的聲音時已經太遲了。
要把整組月人想像成一個集合體，

從取箭這預備動作開始到放箭，這一連串動作就像波形一樣，你得領會這一點。
一旦能掌握住這一點，你或多或少就預測得到何時必須增厚並且集中你合金的膜，減少體力的消耗。
我發現，
關於我，
你考慮得真周詳耶。

……
你這麼覺得嗎？
對小鑽來說，這個興趣令人討厭。
是喔～～～
順帶一提，

兩層的黑點，
你覺得是？

〔第二十三話　判斷〕　終

第二十四話
撤退

呃。
！

來了……

他該不會，
卡住了吧？
怎，怎麼辦？
要趁現在出手嗎？
這樣會不會太卑鄙!?
是有一點，
掩護我。
握
好。

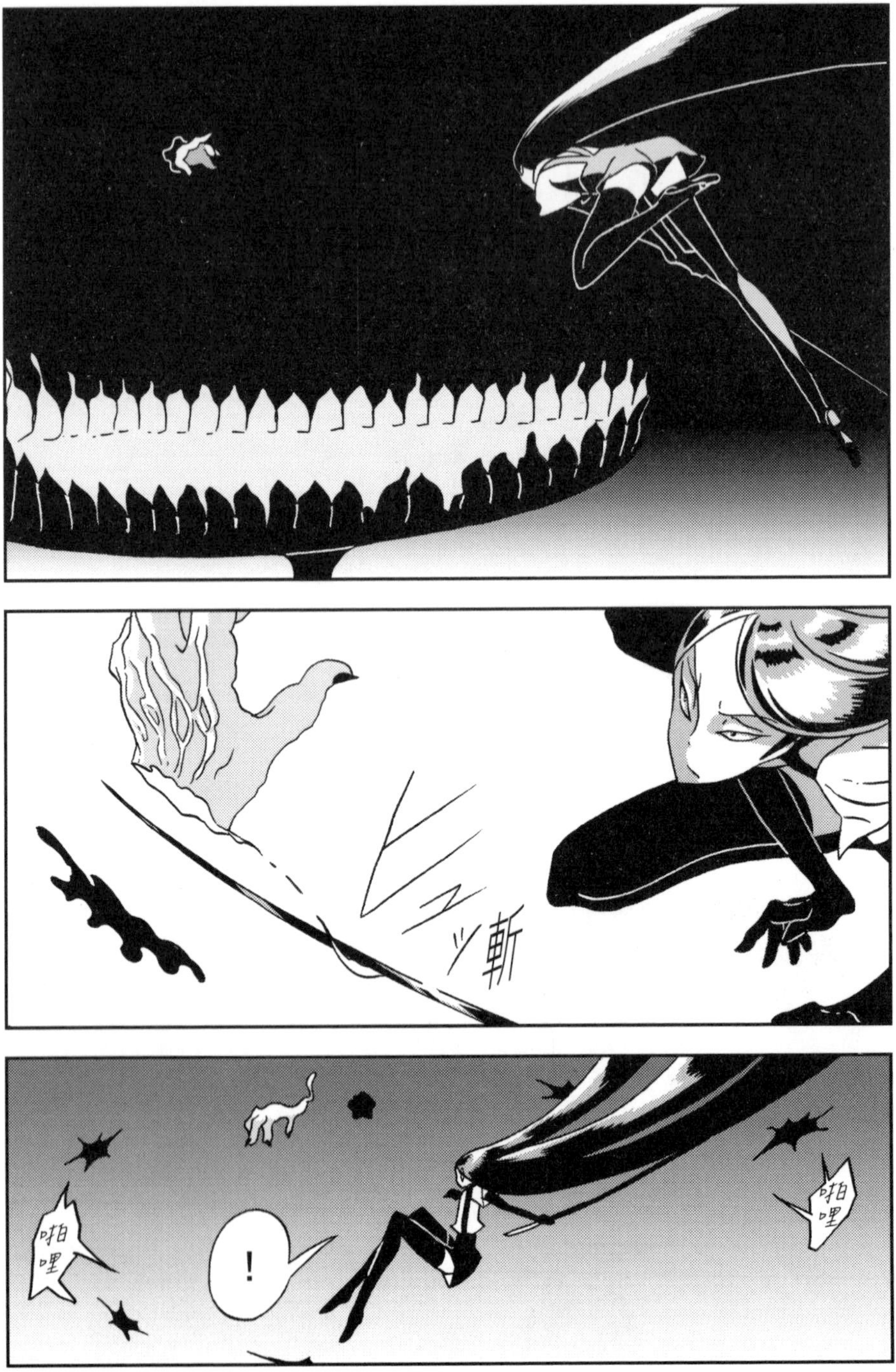
ッ斬
啪哩
!
啪哩

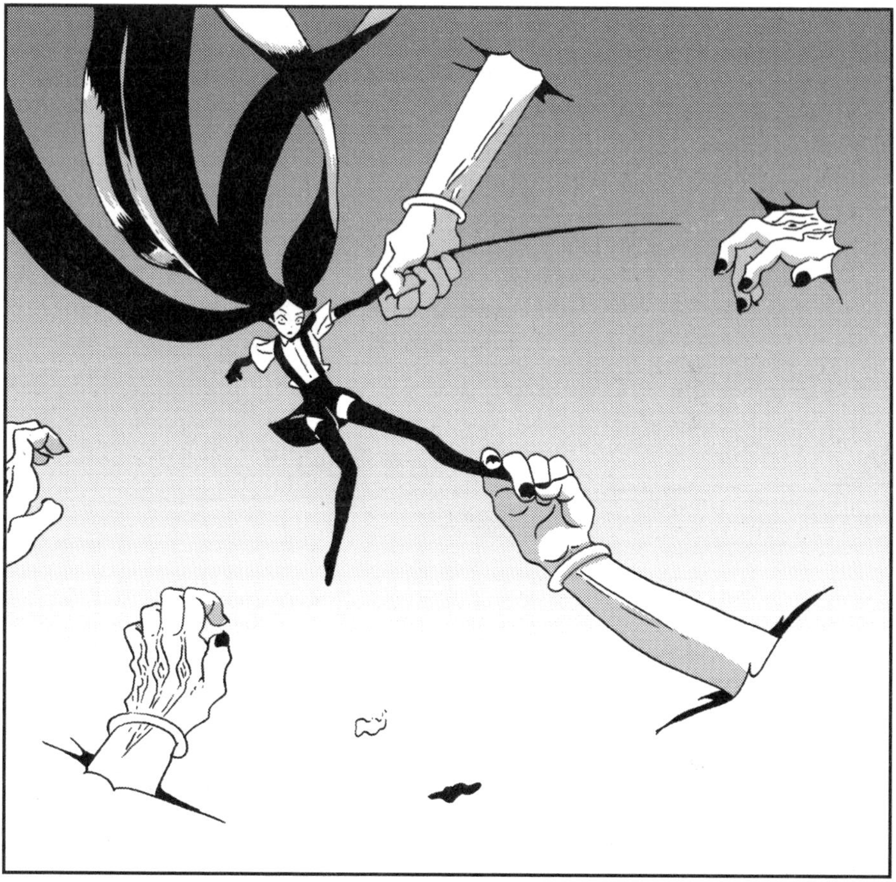

緊抓

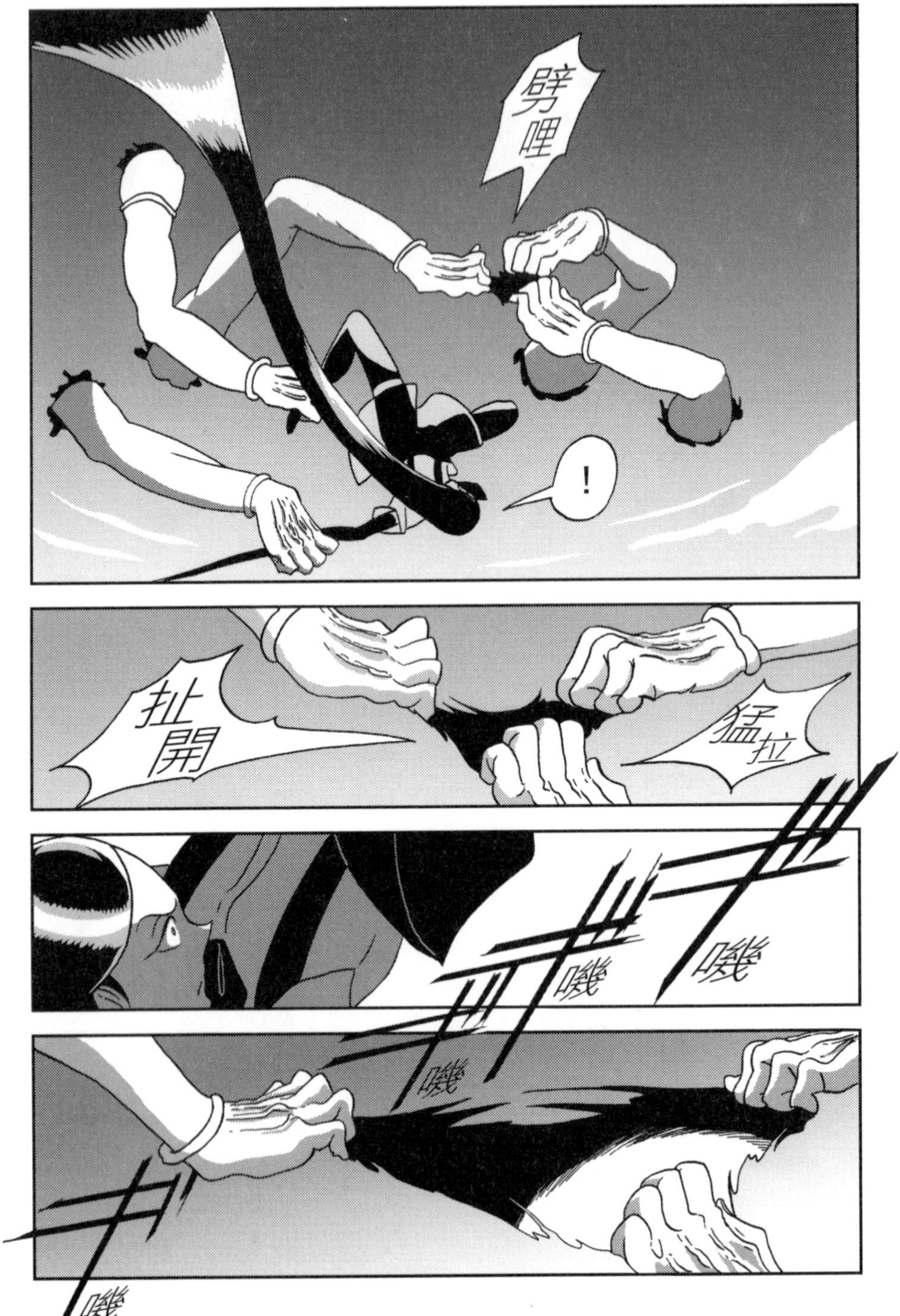
劈哩
!
扯開
猛拉
嘰
嘰
嘰
嘰

驚
抓
什麼?!
鏗
鏗
咻

黑鑽！
抓
哇啊。
扯
嗚哇。
可惡。

鏗

黑鑽！
鏗

宝石之国

-Paperfilm-
Faces Publications
© Haruko Ichikawa / Kodansha Ltd.
Not for sale

吸
鏗
鏗
鏗
鏗
鏗
鏗
鏗
鏗
鏗
鏗

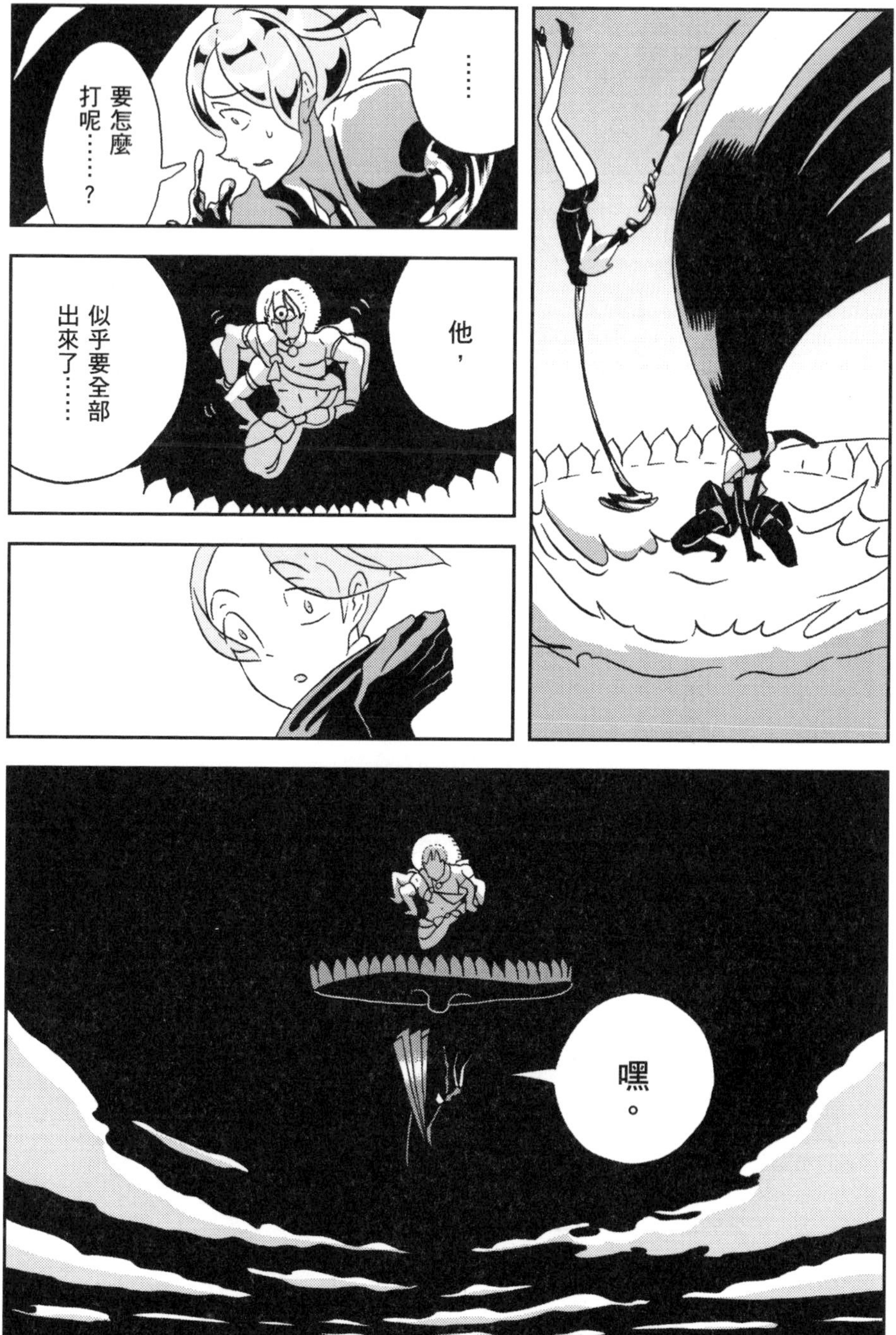
……
要怎麼打呢……？
他，
似乎要全部出來了……
嘿。

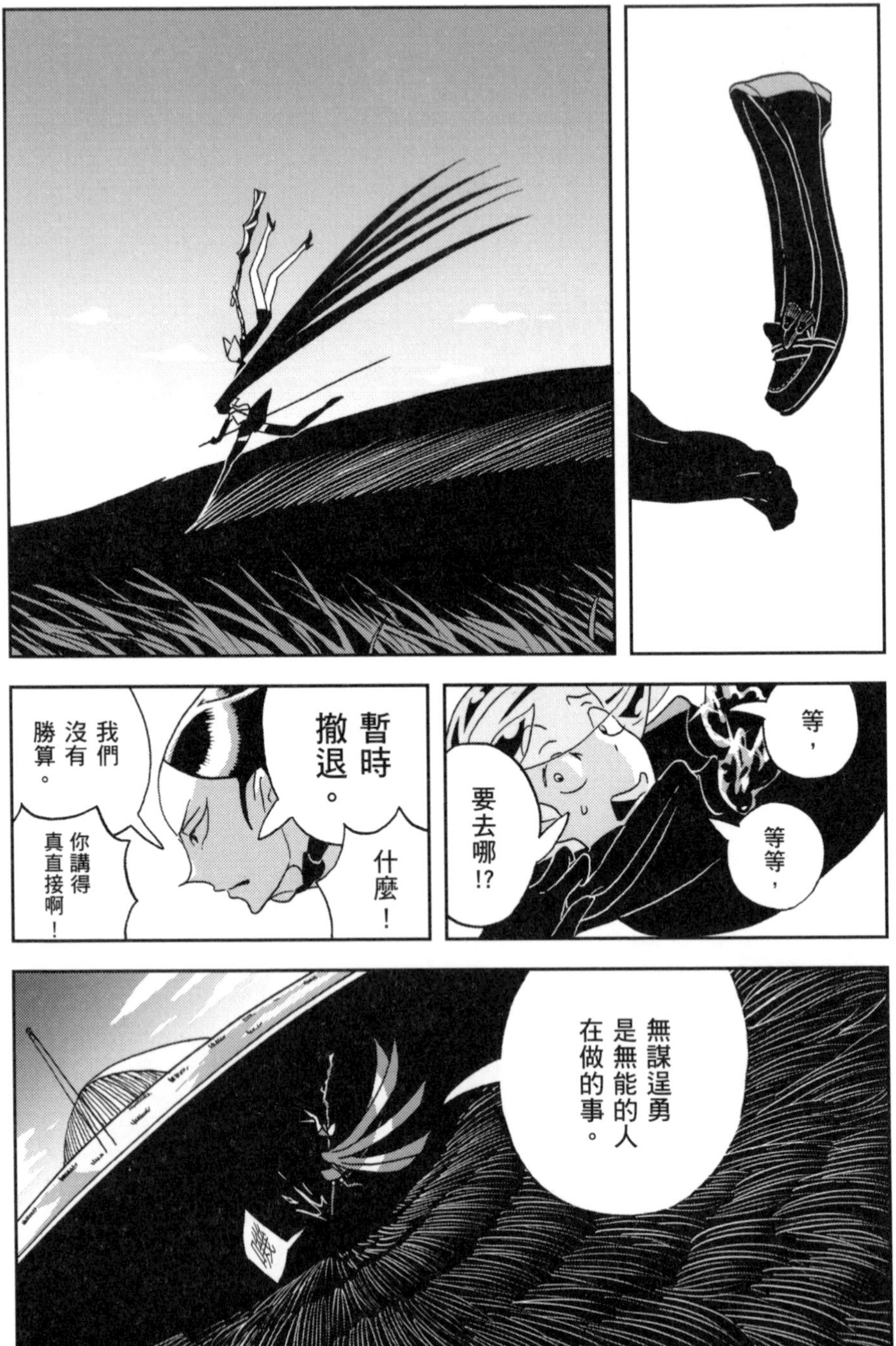
等，
等等，
要去哪!?
暫時撤退。
什麼！
我們沒有勝算。
你講得真直接啊！
無謀逞勇是無能的人在做的事。

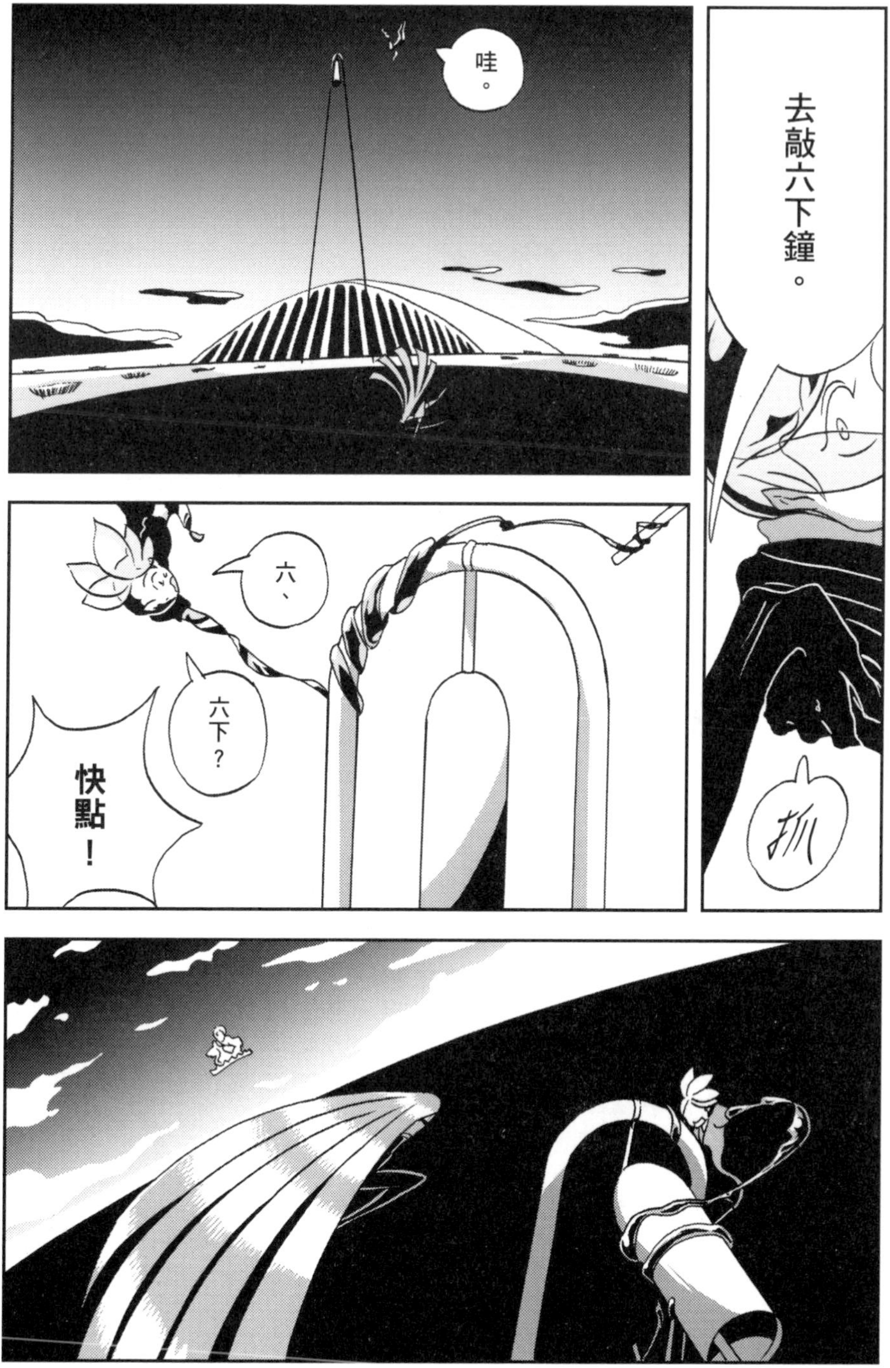
去敲六下鐘。
抓
哇。
六、
六下？
快點！

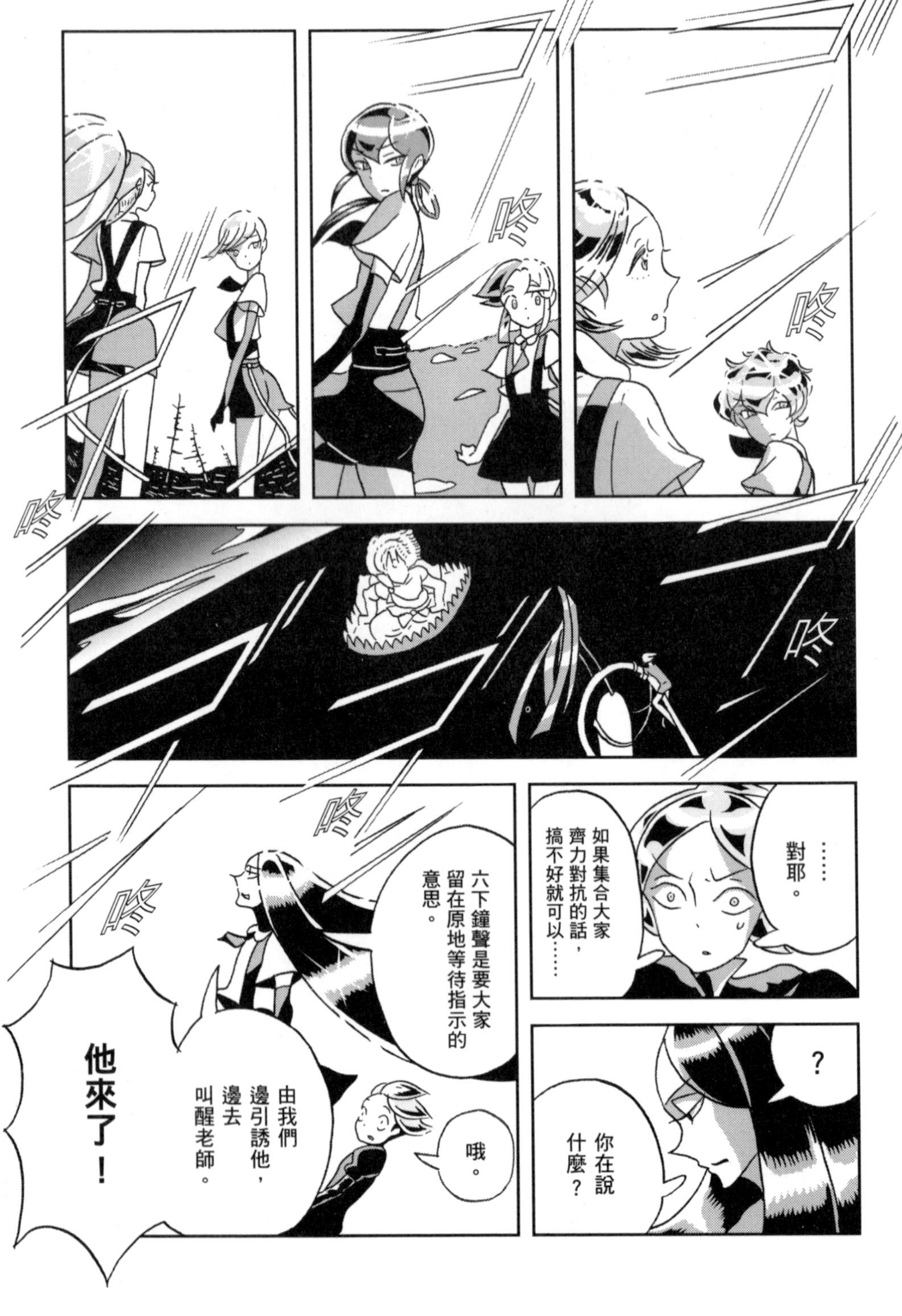
咚
咚
咚
咚
……對耶。
如果集合大家齊力對抗的話，搞不好就可以……
？
你在說什麼？
咚
咚
六下鐘聲是要大家留在原地等待指示的意思。
哦。
由我們邊引誘他，邊去叫醒老師。
他來了！

等一下，我身體好重！
快點！
嗚，
來了……！

消失了……
不。
他跑進學校裡了。
老師午睡時應該全部的人都會在外輪值巡邏，我本來的作戰計畫是以此為前提，不過……
如果還有人留在這咧？

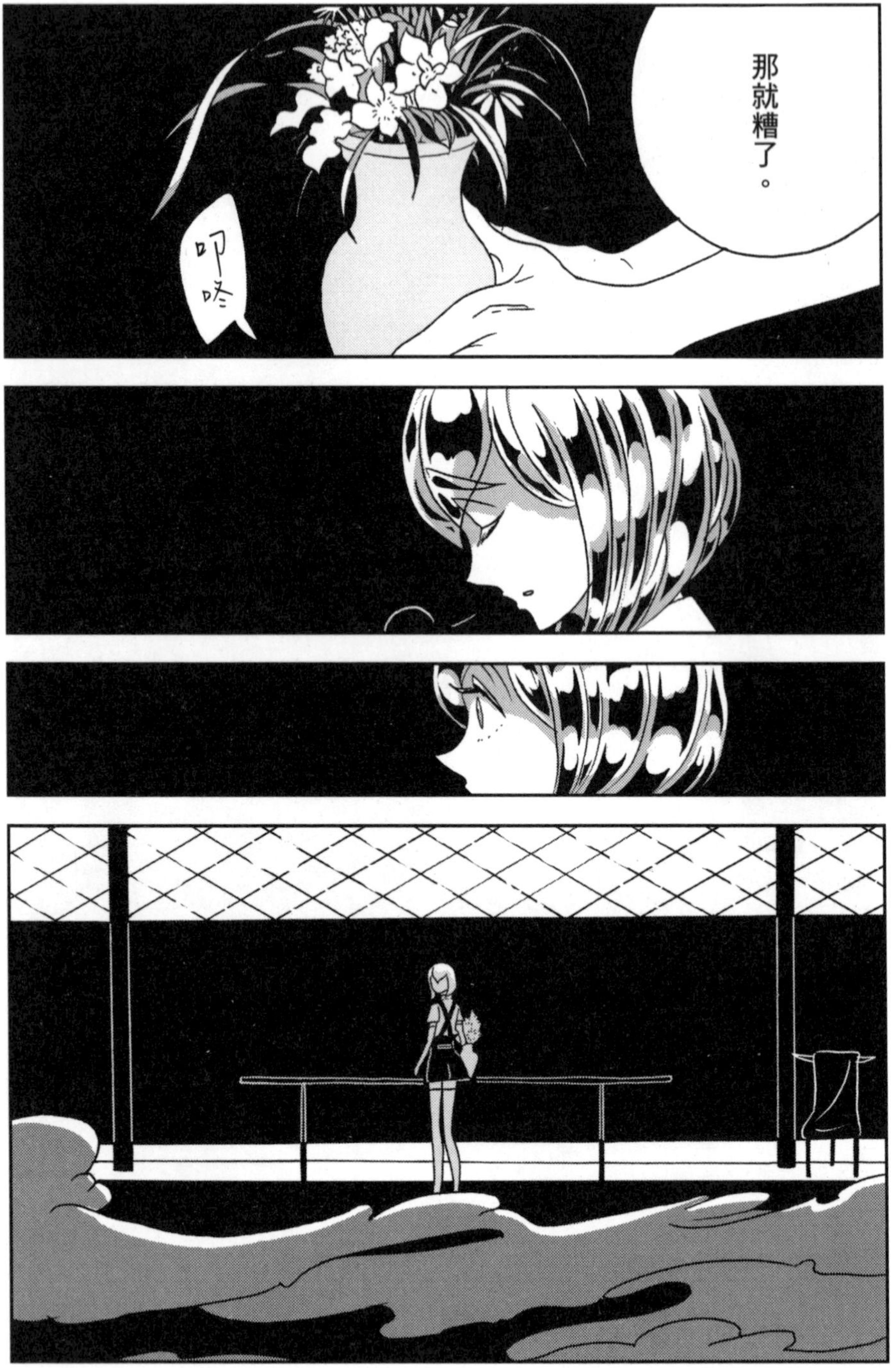
那就糟了。
叩咚

〔第二十四話　撤退〕　終

第二十五話 分岐

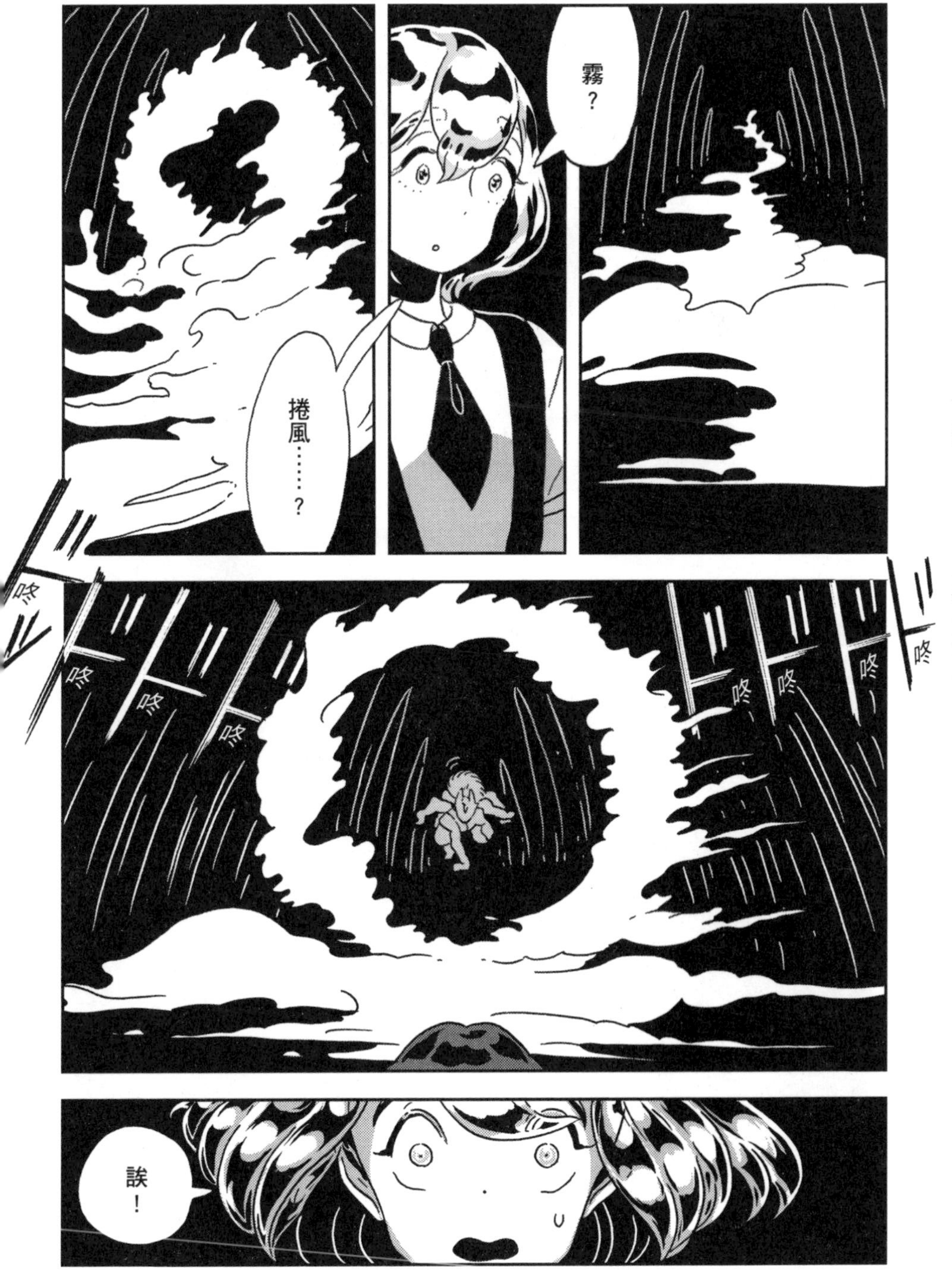
霧？
捲風……？
咚
咚
咚
咚
咚
咚
咚
咚
誒！

碎
掉
找來
不，
不，
不是吧？
喀
喀唧

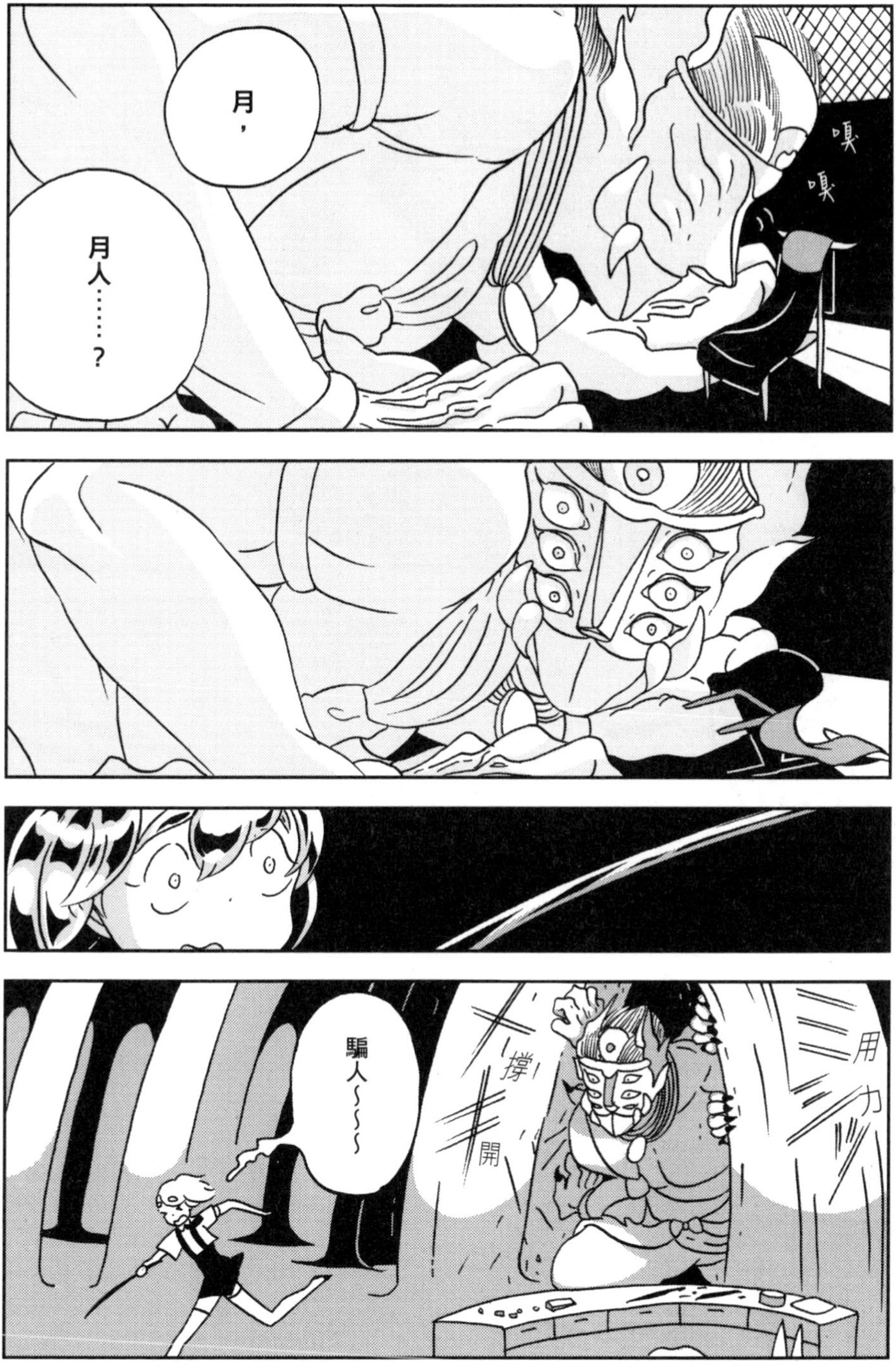
嗅
嗅
月，
月人……？
用力
撐開
騙人～～～

呼～～
啊。
搔搔
不過是整理昨天份的月人報告，居然弄了整晚，都早上了……
我先睡一下再出去沒關係吧……
嘶……
咚
咚
咚
咚
咚
紫翠！

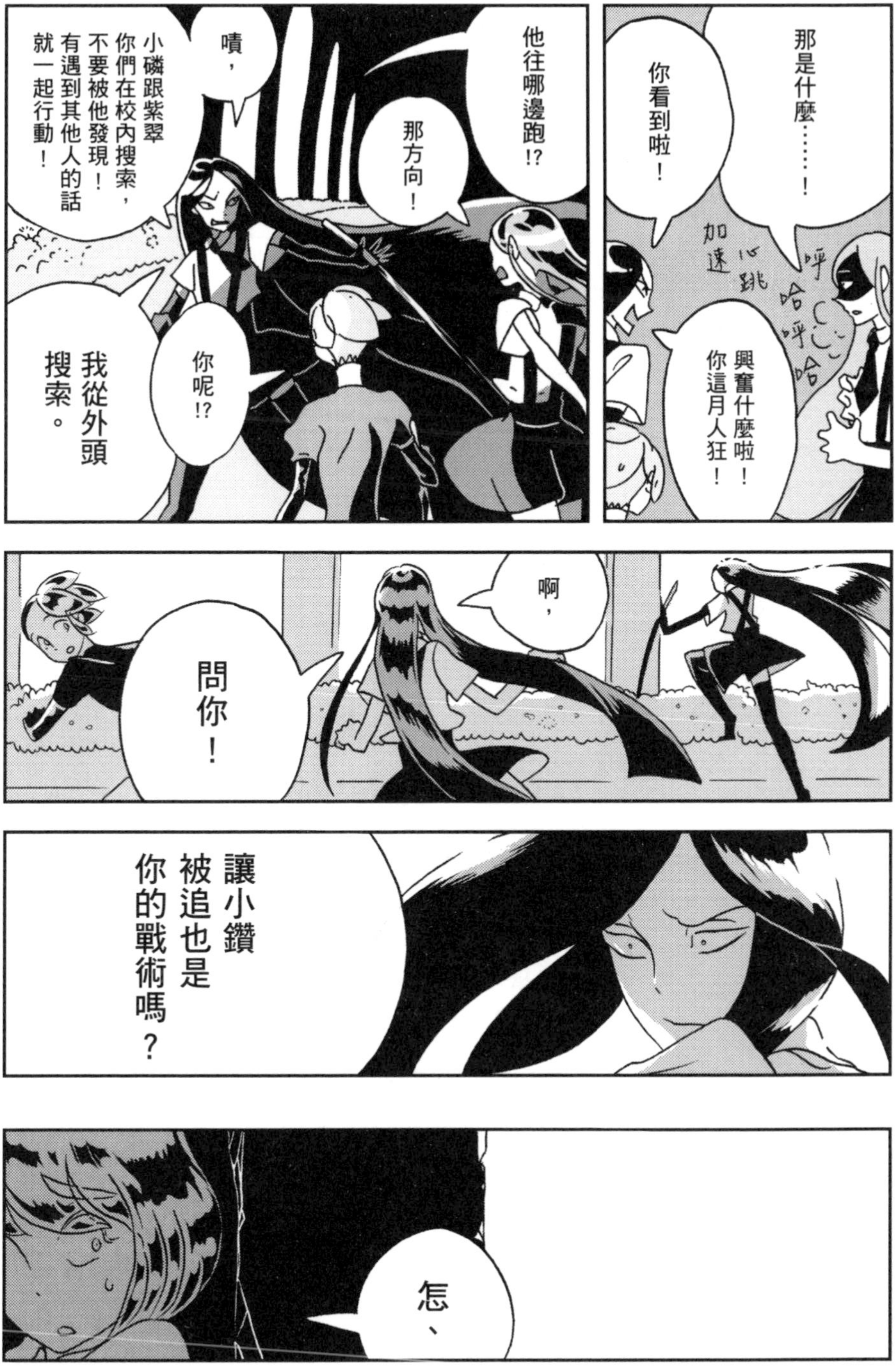
那是什麼……！
你看到啦！
加速心跳
呼哈呼哈
興奮什麼啦！你這月人狂！
他往哪邊跑!?
那方向！
嘖，
小磷跟紫翠你們在校內搜索，不要被他發現！有遇到其他人的話就一起行動！
你呢!?
我從外頭搜索。
啊，
問你！
讓小鑽被追也是你的戰術嗎？
怎、

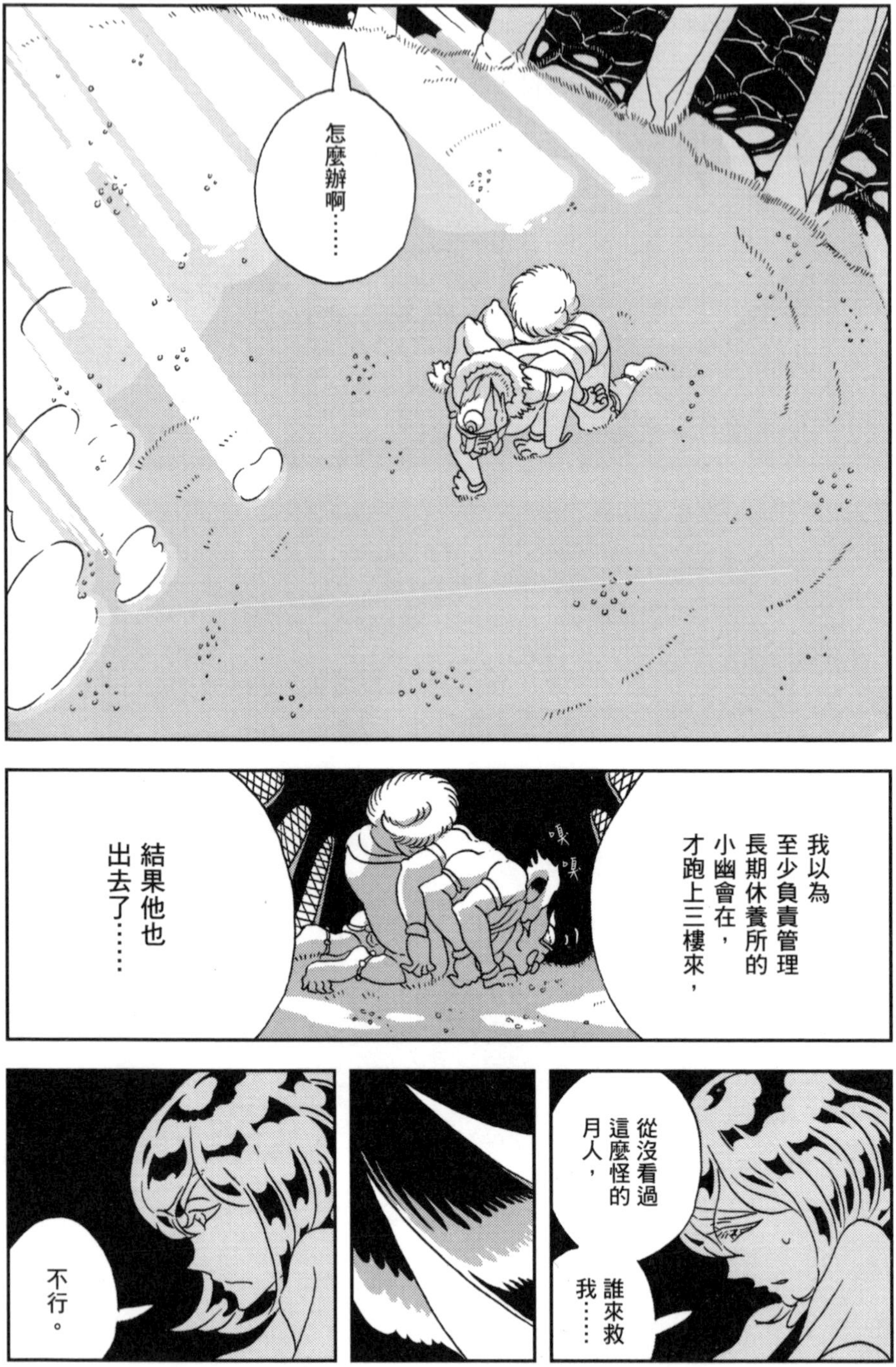

怎麼辦啊……
我以為至少負責管理長期休養所的小幽會在，才跑上三樓來，
嗅嗅
結果他也出去了……
從沒看過這麼怪的月人，
誰來救我……
不行。

我自己來面對。
緊握

鏗
揊
哼嗯。
哇。
看來好像還是不行！

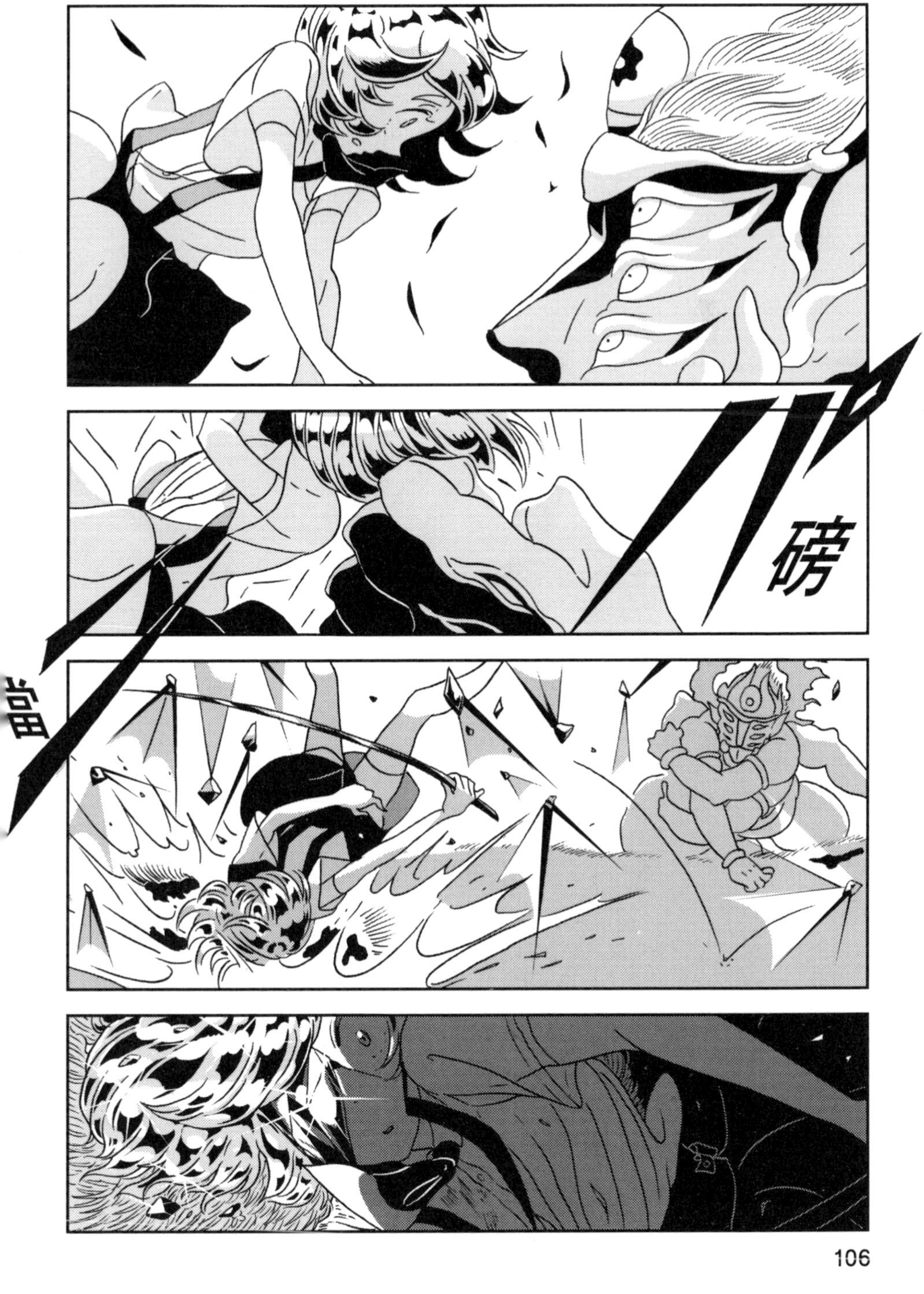
磅

擠
!

碰
磅
哇呀！
劈
哩
啊。

嘰
嘰

喀
啦
喀啦
喀啦
喀啦
喀啦
喀啦
!
卡……
卡住了!

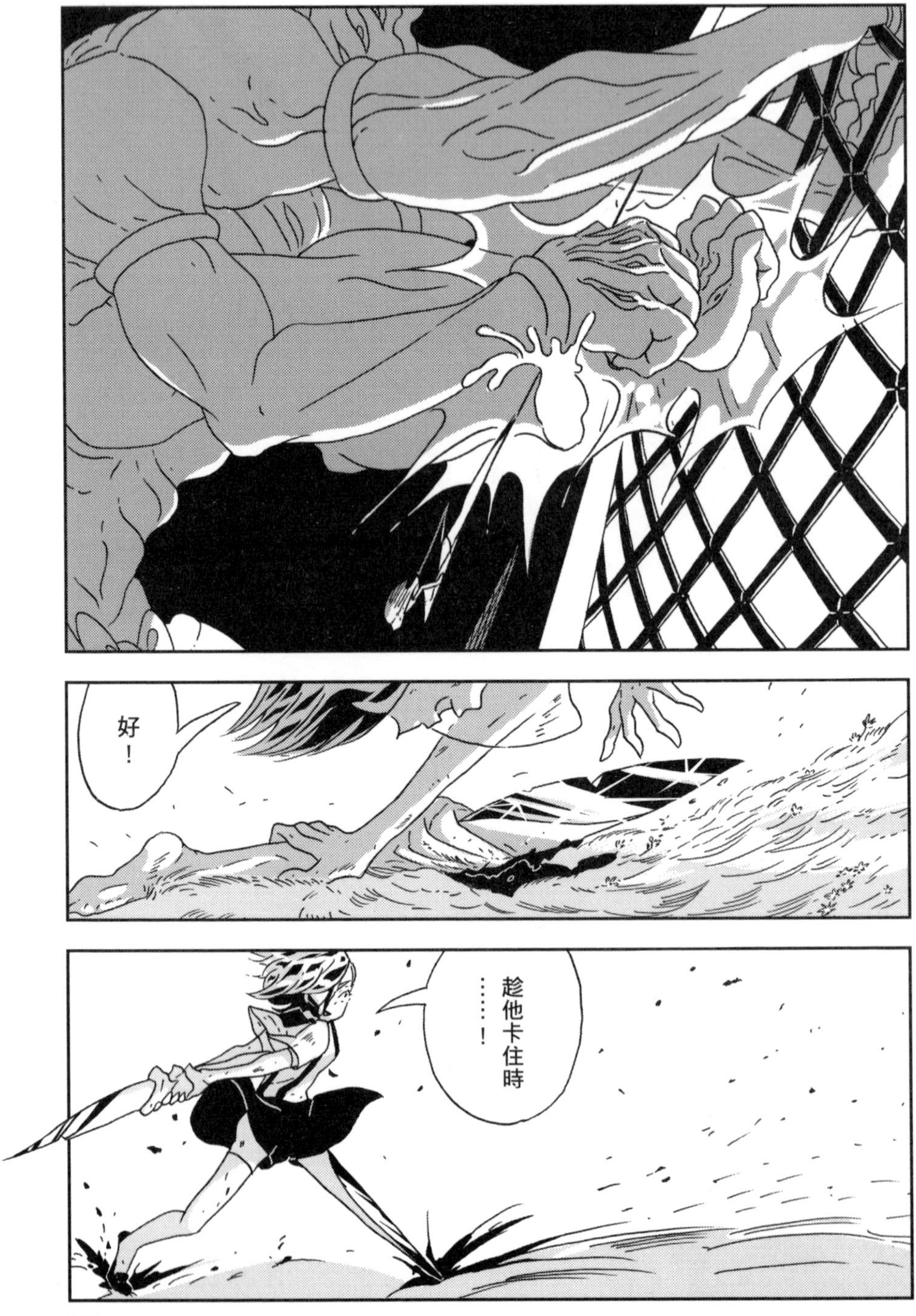
好！
趁他卡住時……！

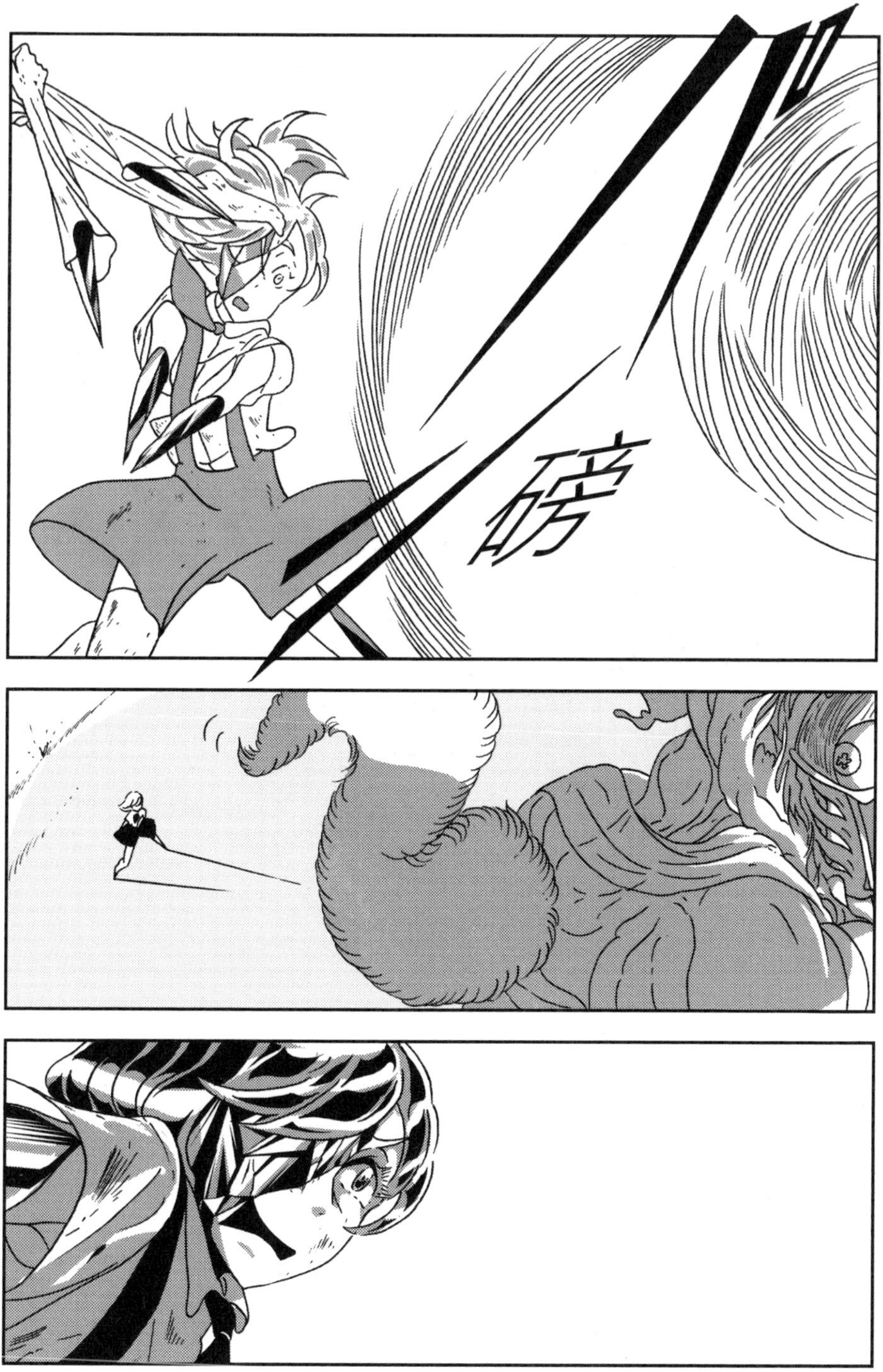
磅

嗚啊啊啊！

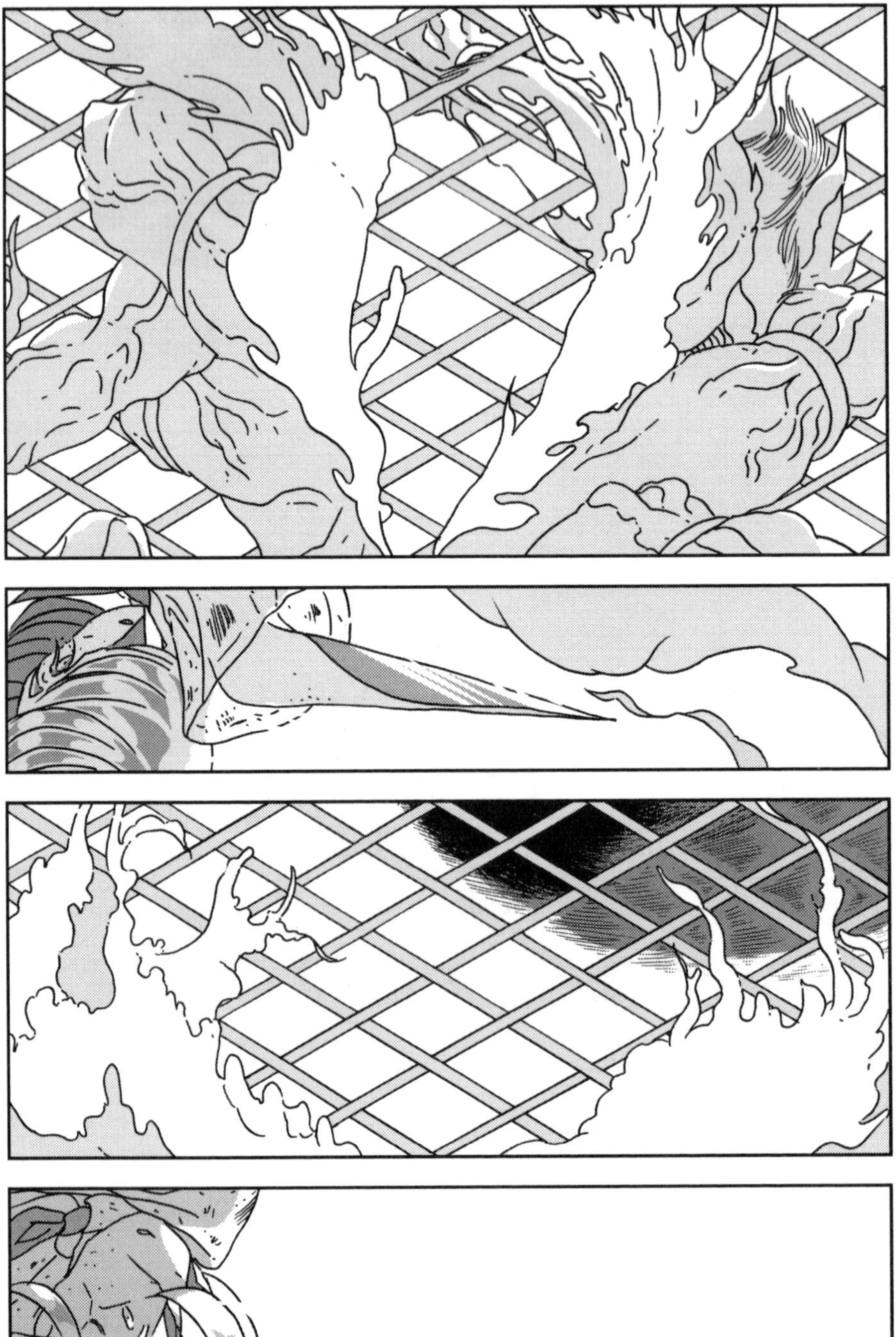

哥哥！

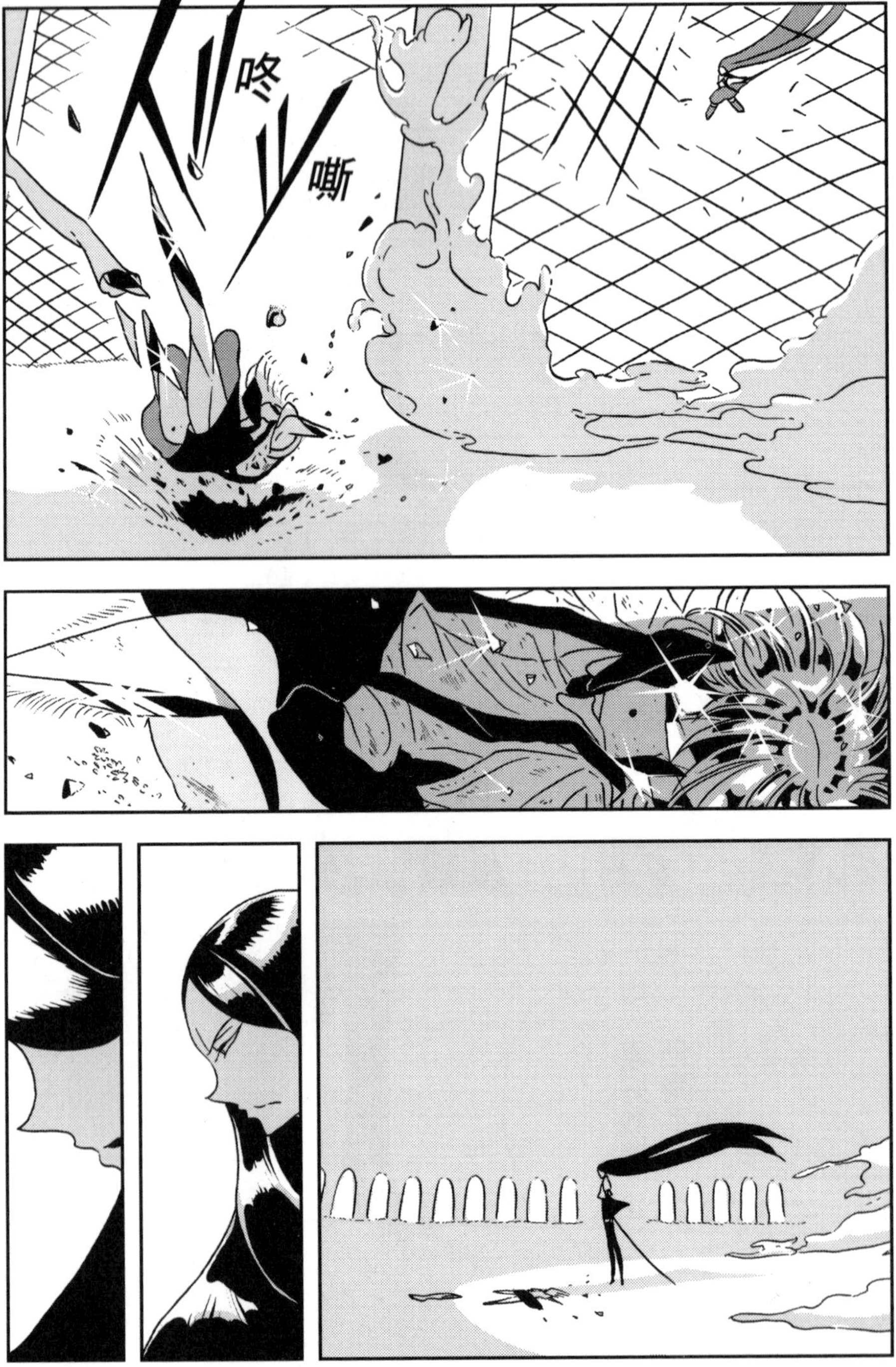
咚
嘶

太多多餘的
動作了。
對吧？
幸好我們
分開了。

身在遠處，才看得出黑鑽你是多麼重要。
我也是。

〔第二十五話　分歧〕　終

第二十六話 叫聲

快逃……

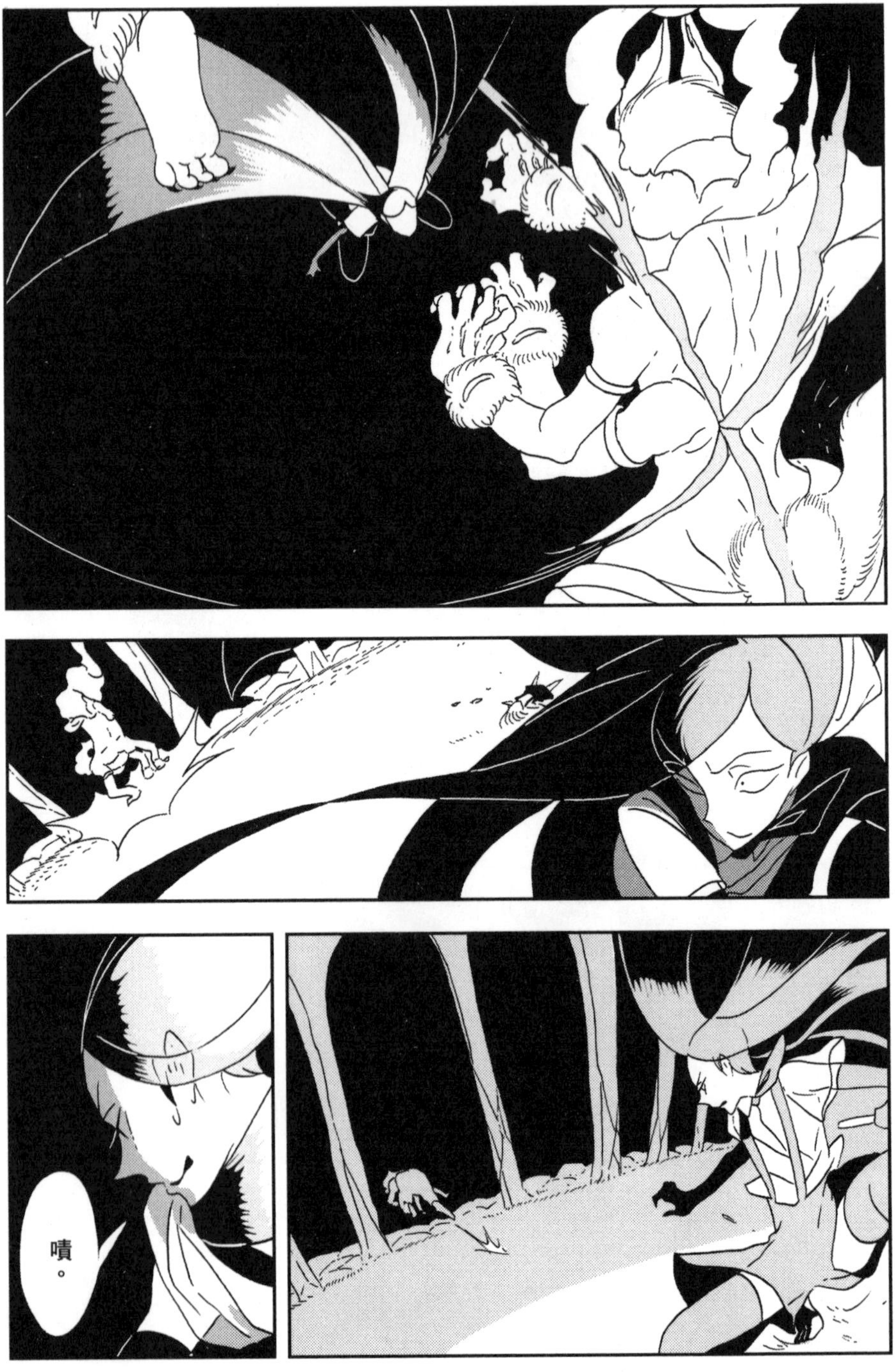
嘖。

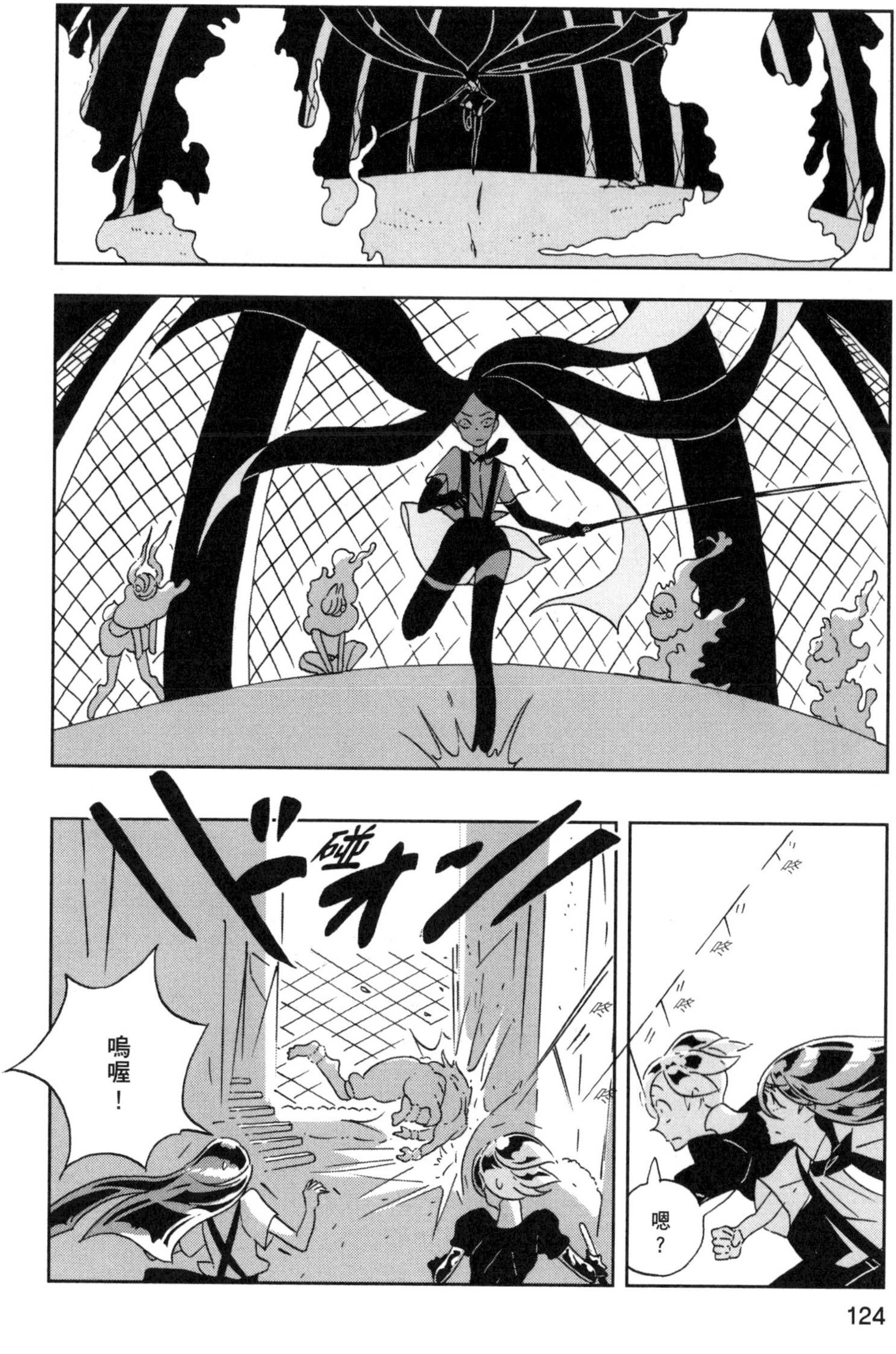
碰
ドオン
咚 咚 咚 咚 咚 咚 咚
嗯？
嗚喔！

喂！
碎裂
是不是變得感覺不太一樣啊？
哇。
咯
呼。

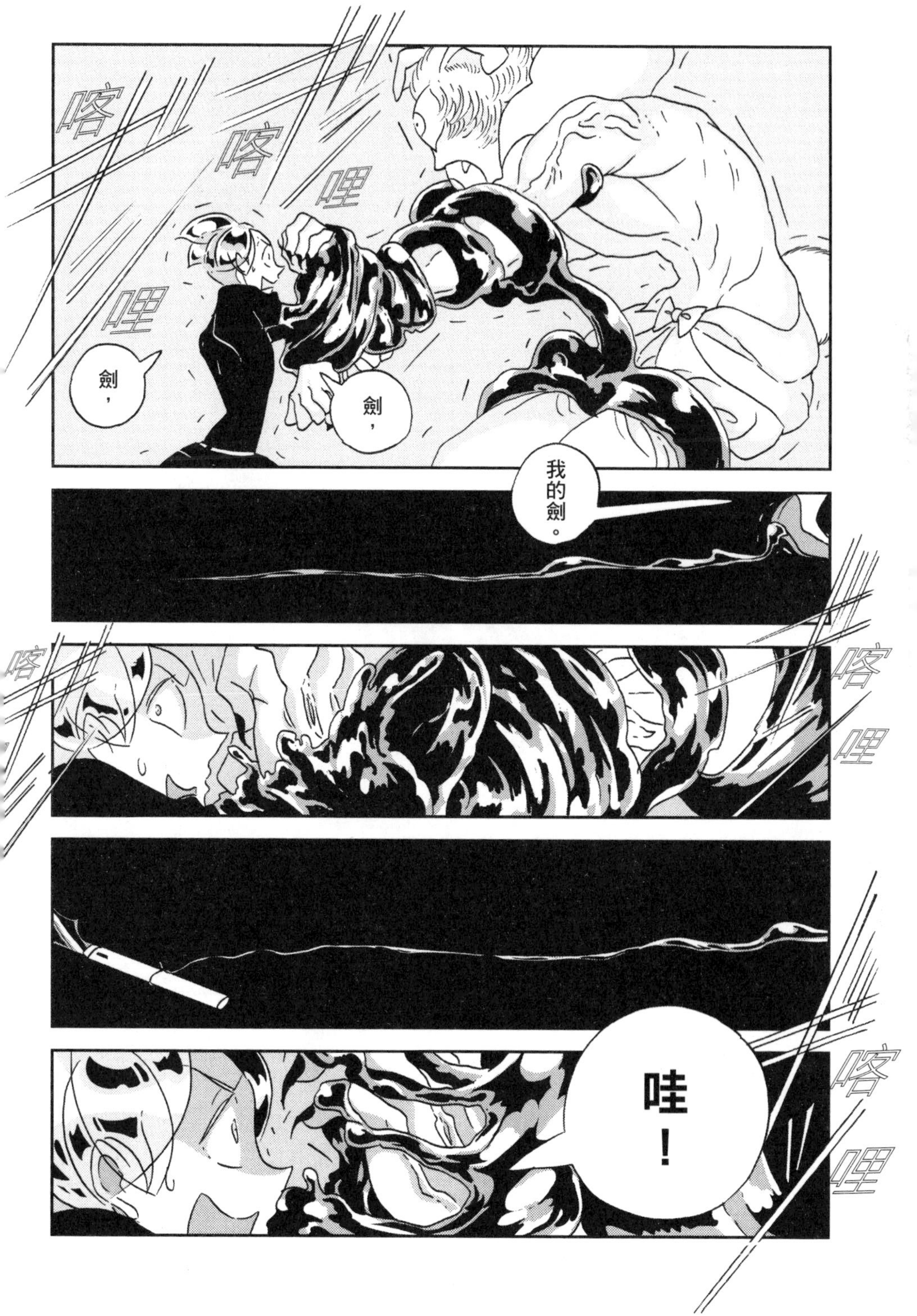
喀
喀
哩
哩
劍，
劍，
我的劍。
喀
哩
喀
喀
哩
哇！

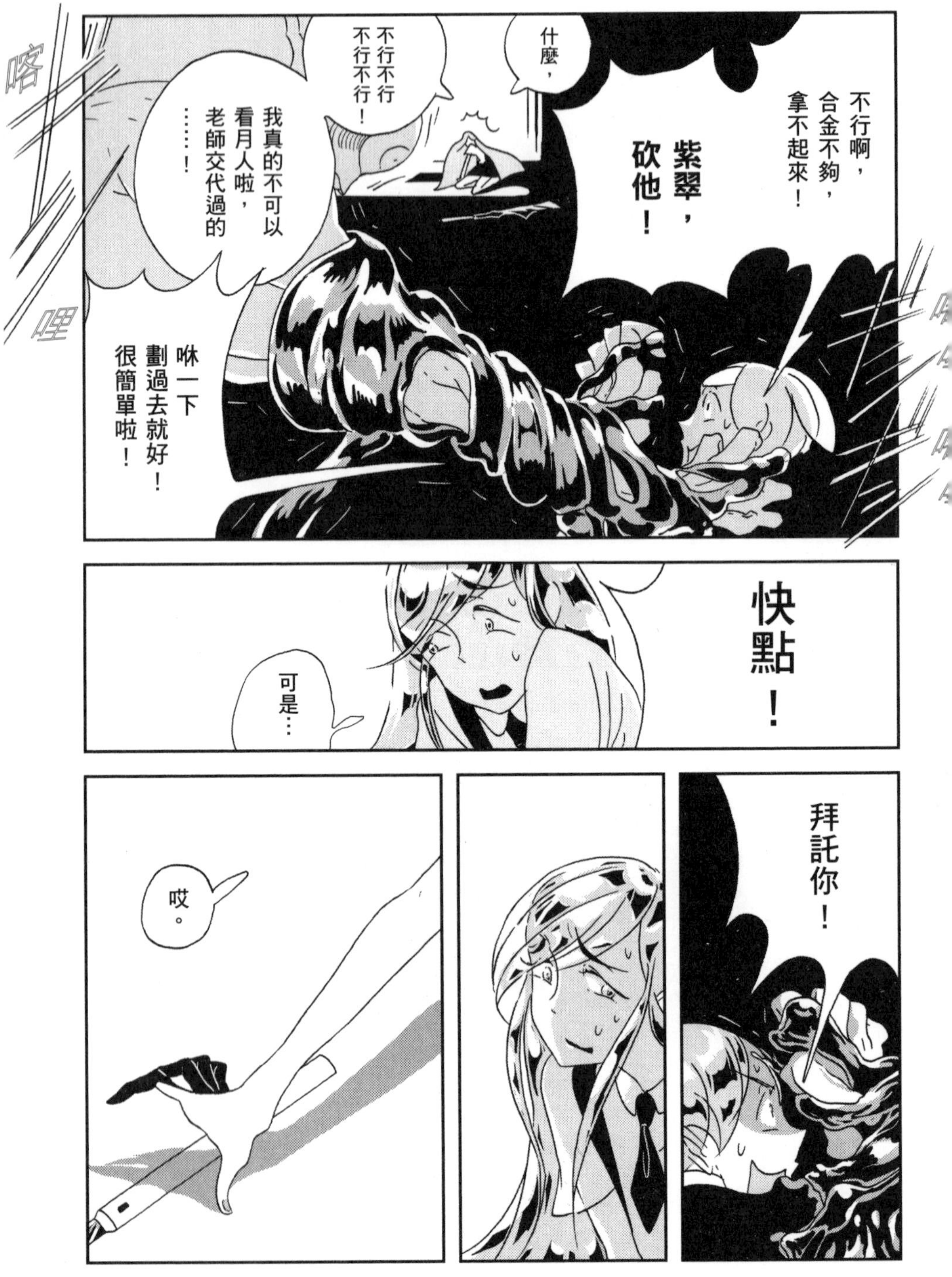

不行啊，合金不夠，拿不起來！
紫翠，砍他！
什麼，
不行不行不行不行！
我真的不可以看月人啦，老師交代過的……！
咻一下劃過去就好！很簡單啦！
喀哩
快點！
可是…
拜託你！
哎。

真是沒輒。
紫、
紫翠？
髮色，
變了。

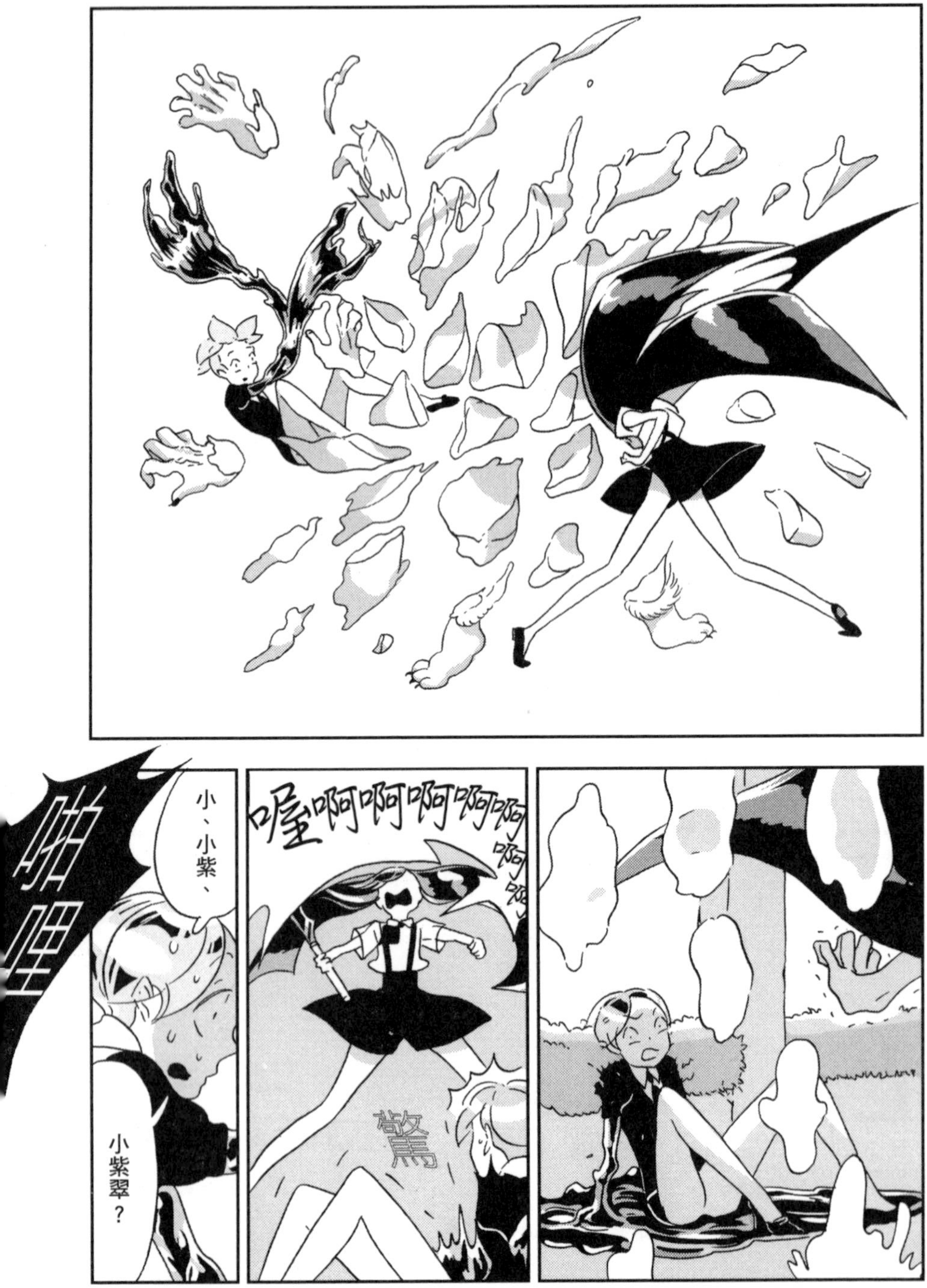
喔啊啊啊啊啊啊啊
驚
小、小紫、
小紫翠？
啪哩

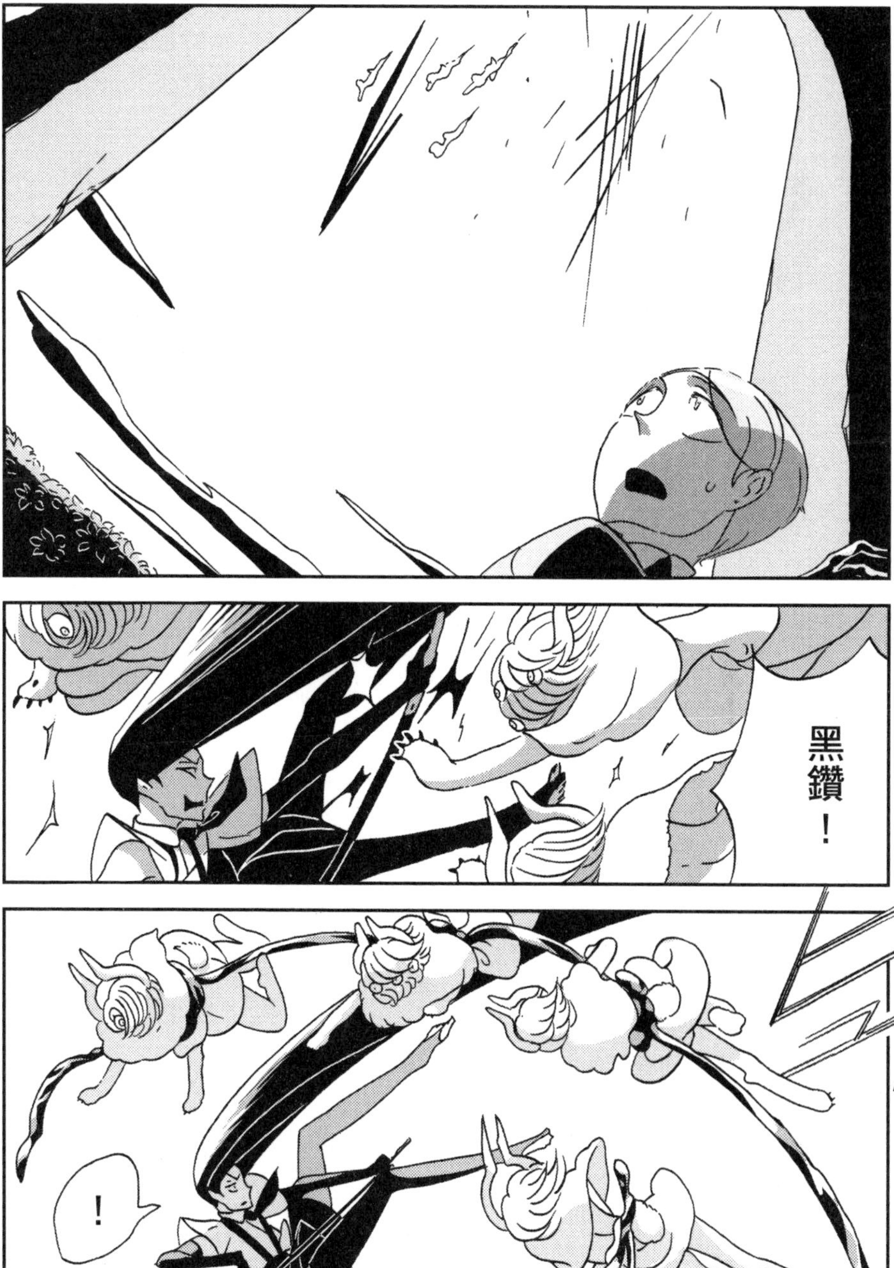
黑鑽！
咻
！

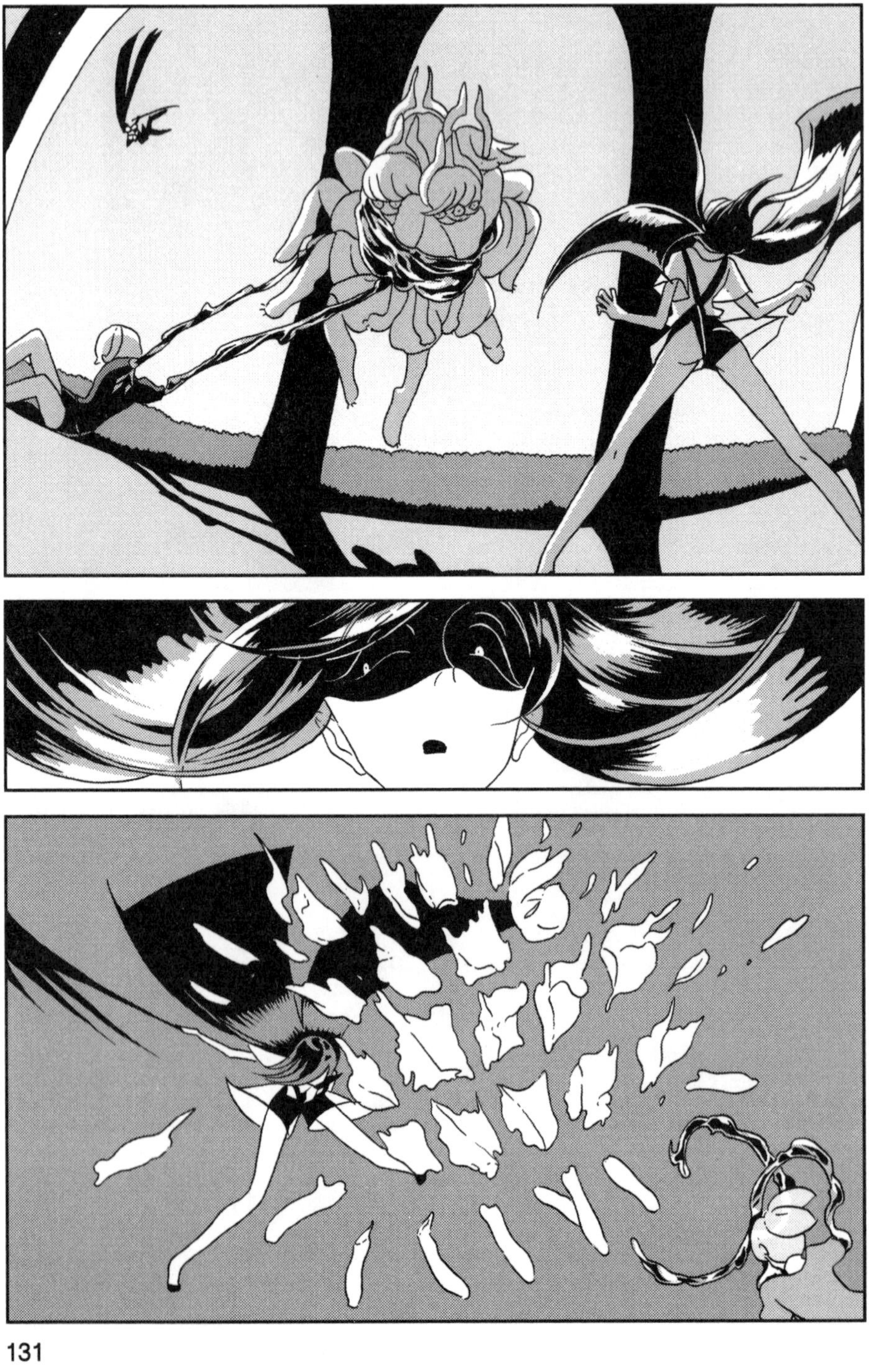

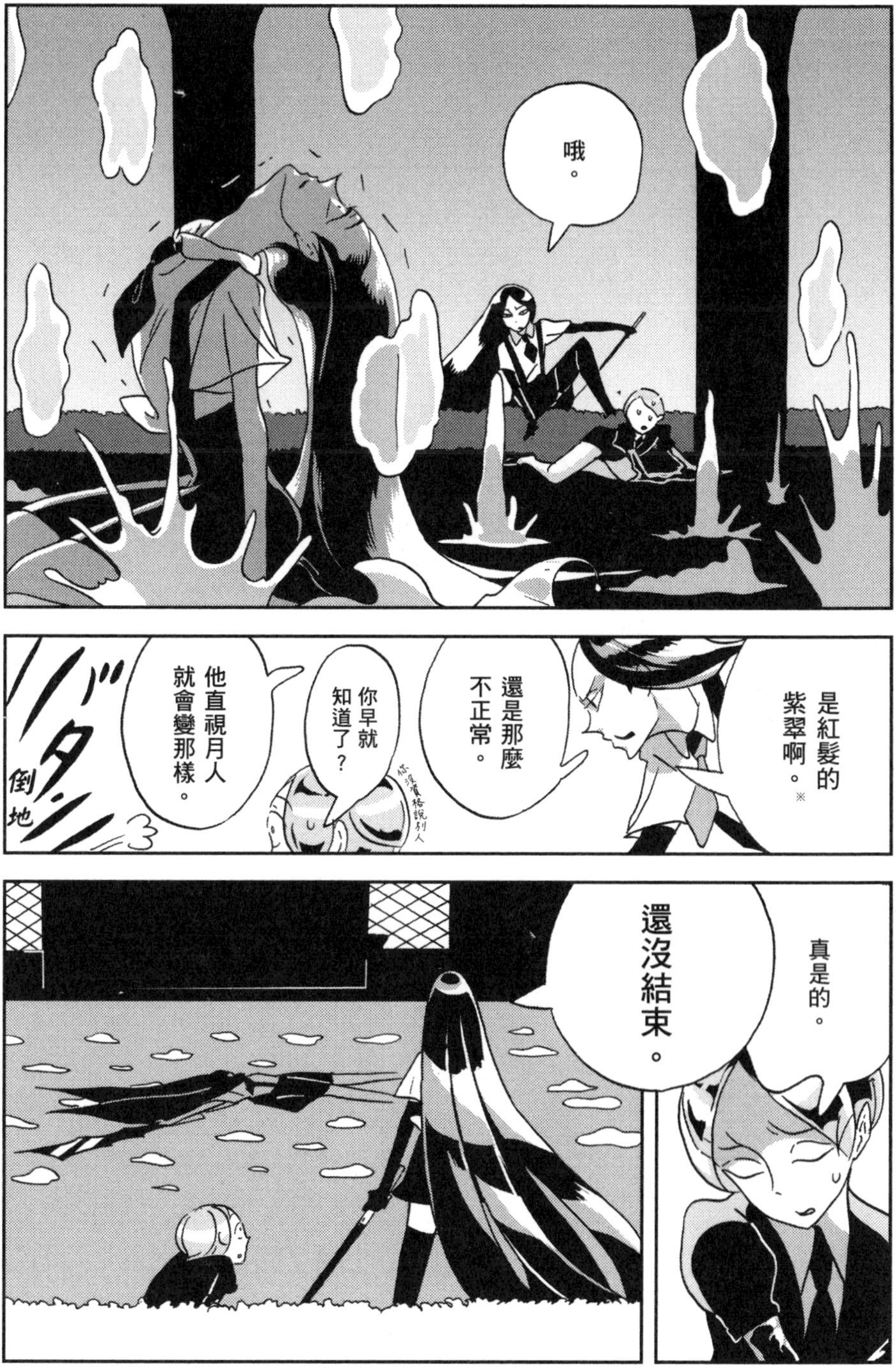
哦。
是紅髮的紫翠啊。※
還是那麼不正常。
你早就知道了？
你沒資格說別人
他直視月人就會變那樣。
バタン
倒地
真是的。
還沒結束。

※由於紫翠玉原石內含鉻，日光照射時會呈藍綠色，燭光或白熾燈照射時會呈紅色，紫翠玉有兩種髮色的典故來自於此。

不、
是、吧。

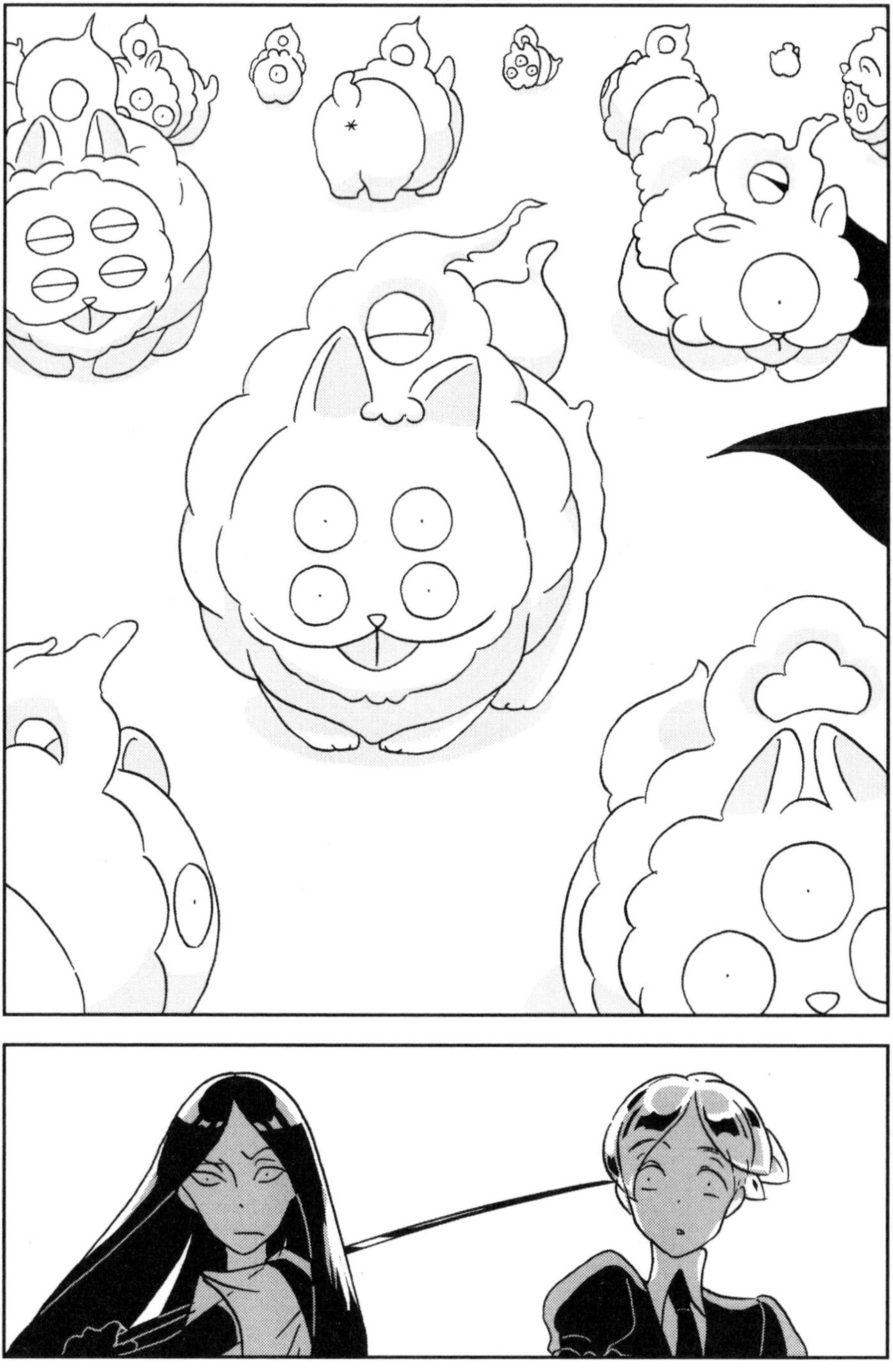

ボン
澎
跳

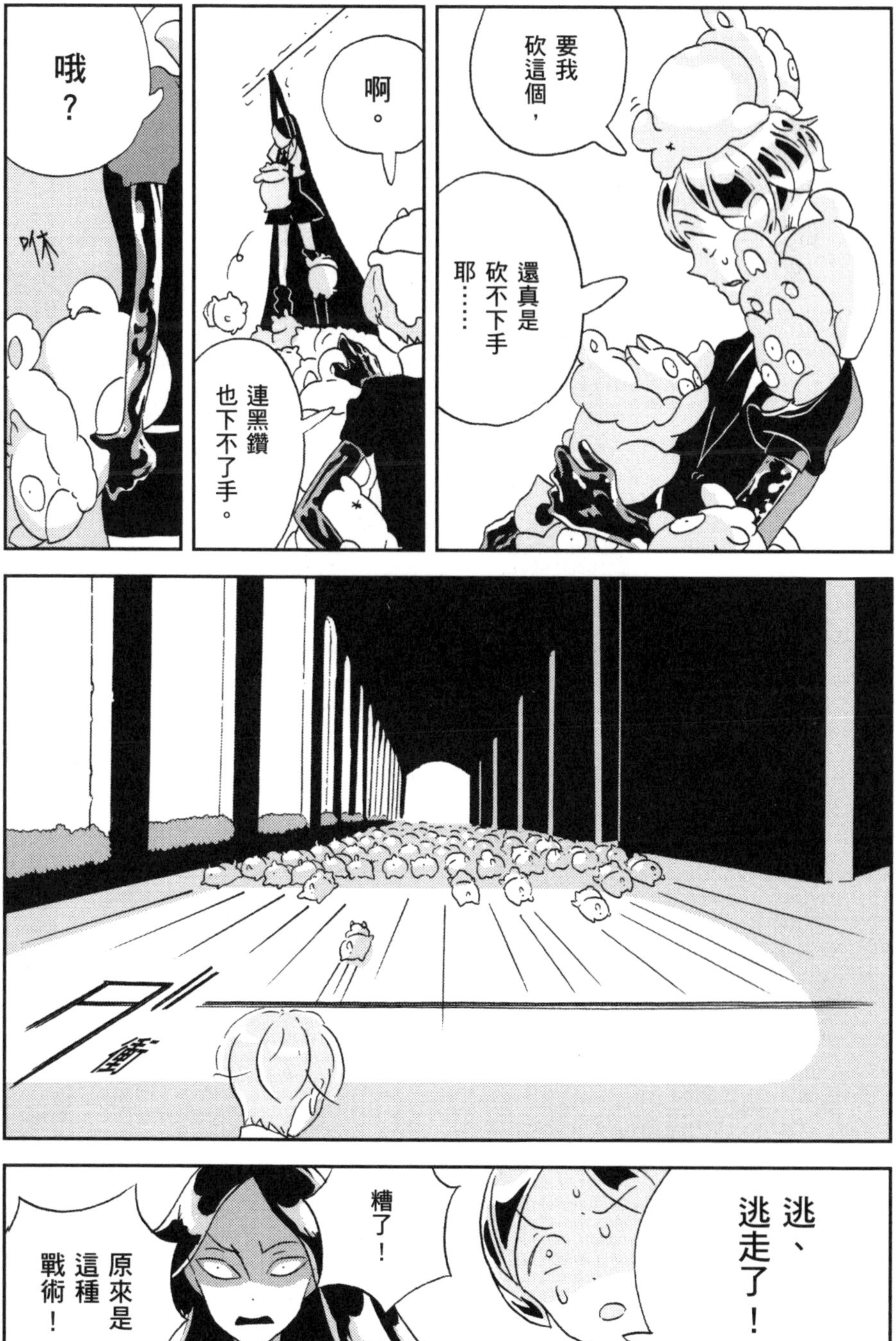
要我砍這個，
還真是砍不下手耶……
啊。
連黑鑽也下不了手。
哦？
逃、逃走了！
糟了！
原來是這種戰術！

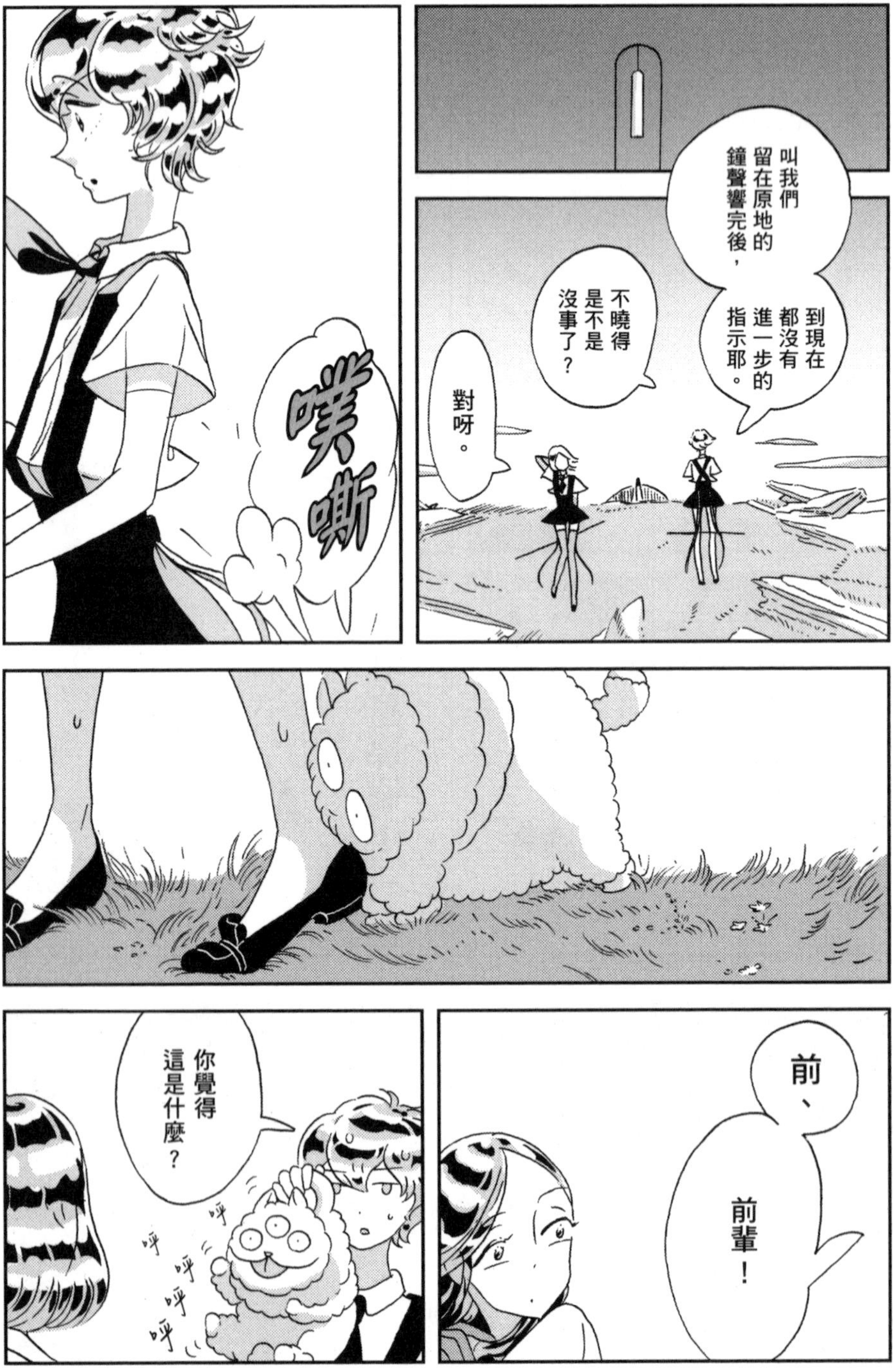
叫我們留在原地的鐘聲響完後，
到現在都沒有進一步的指示耶。
不曉得是不是沒事了？
對呀。
噗嘶
前、
前輩！
你覺得這是什麼？
呼
呼
呼
呼
呼
呼

哦？
這什麼啊！
蓬蓬的！
他身上有提把唷
好可愛！
呃，這樣抱沒關係嗎？我們還不知道這是什麼東西耶……
黃鑽～！
這附近有沒有出現蓬蓬的…
就是那個！

我在外面他自己就貼了上來，
當作打發時間解剖看看，結果就分裂再生了。
……呃……
這麼可愛的也動得了手……真不愧是金紅石啊……
我要來修復小鑽了。
彈
彈
丟
丟
請快點蒐集完剩下的。
小藍！
去那邊了！
西南偏南邊有兩隻！
東南邊也有兩隻！
嗚喔！
哇，這種地方也有！

……一百零七。
這樣就全部抓到了。
我希望啦。
應該有啦。

哎唷喂呀……
紫翠，
你這樣盯著沒事嗎？
這種應該沒問題吧……
我瞇著眼就好……
我想統整一下從他們出現時開始的狀況。
這個嘛，
一開始啊，

長這樣。

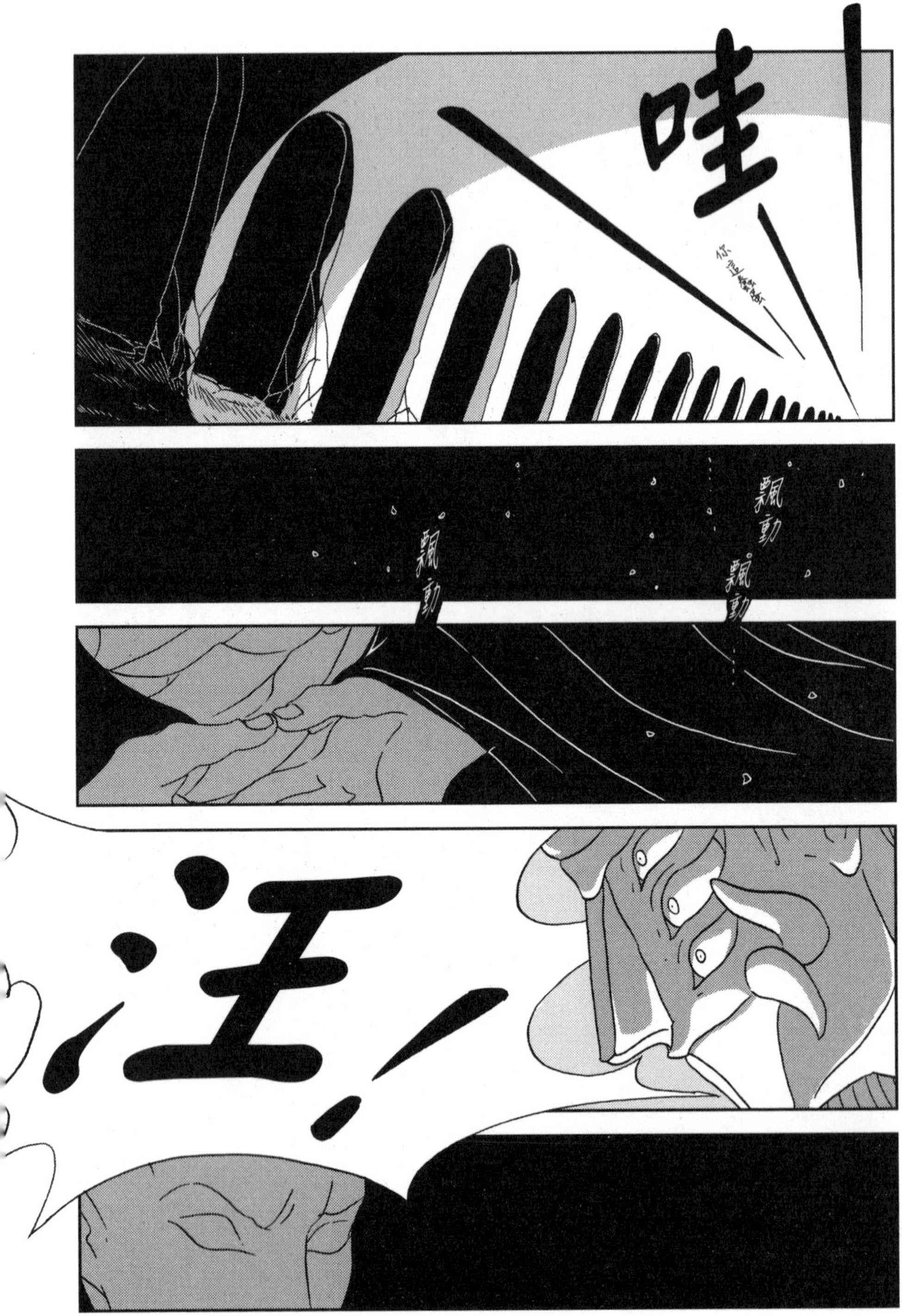
哇—
你這傢伙—
飄動
飄動
飄動
汪!

〔第二十六話　叫聲〕　終

第二十七話
祕密

呼咻——
呼咻——
他剛剛，
是不是叫了……？
攻擊
哇—
紫翠！
再變身一次！

昏倒了！
抽中比較遜的紫翠啦。
嗚哇。
扯
哎呀。
磨擦
呃。
不要啦，
色狼～～～～～！
閃爍
等等！

我才是你的對手！
誰？
照過來照過來！

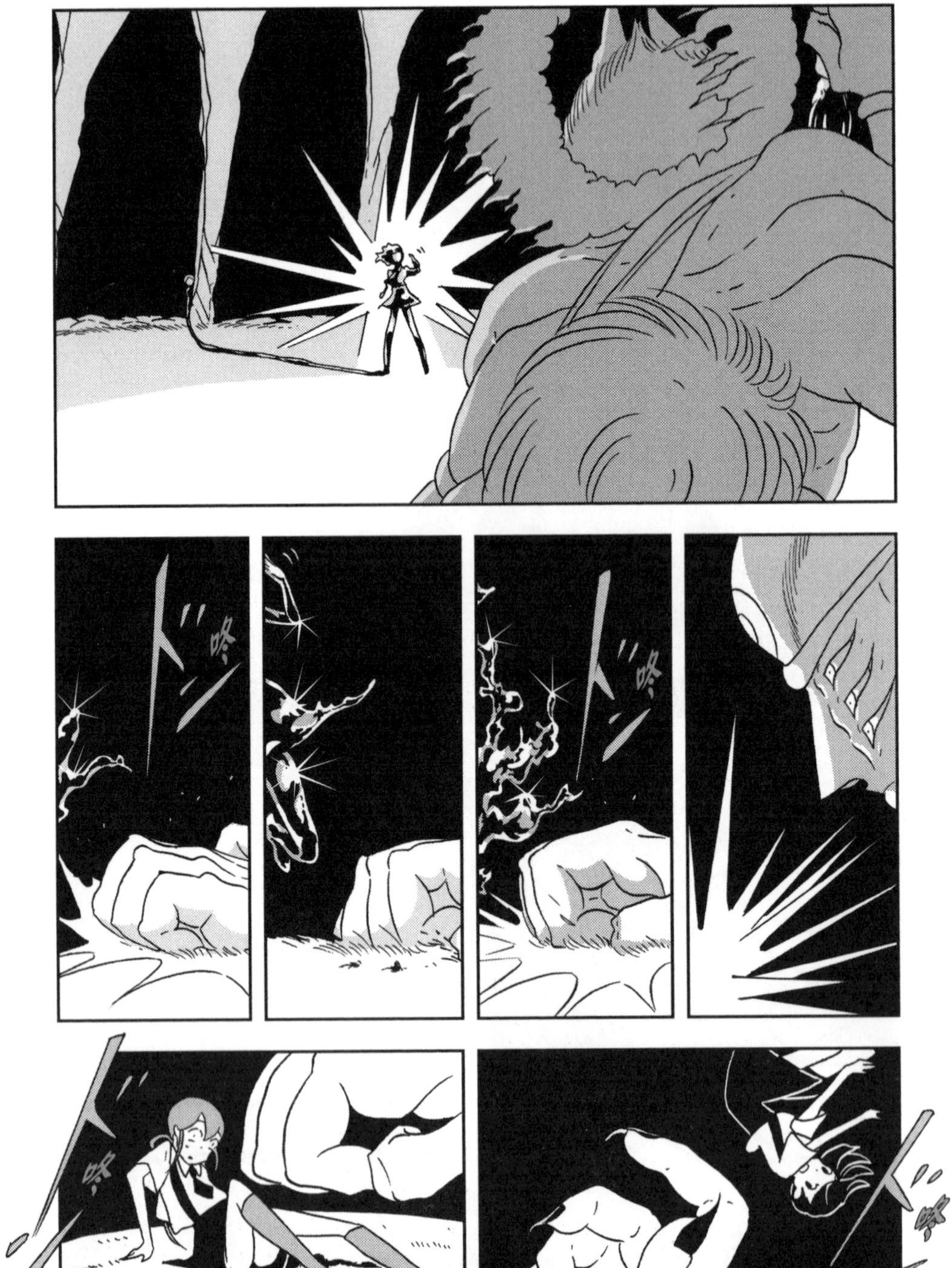
ド咚
ド咚
ド咚

咚
很～好～很好很好很好很好。
就這樣一步一步，
把他引誘到老師…
晃
那，
邊。
拉

好像行不通！

轉身
天、
天啊～！小磷～～～！
再把他
砍成好幾隻，
然後隔離他們！
那傢伙又被
抓進去了……
怎麼辦？
沒別的
辦法了！
盯

老師！

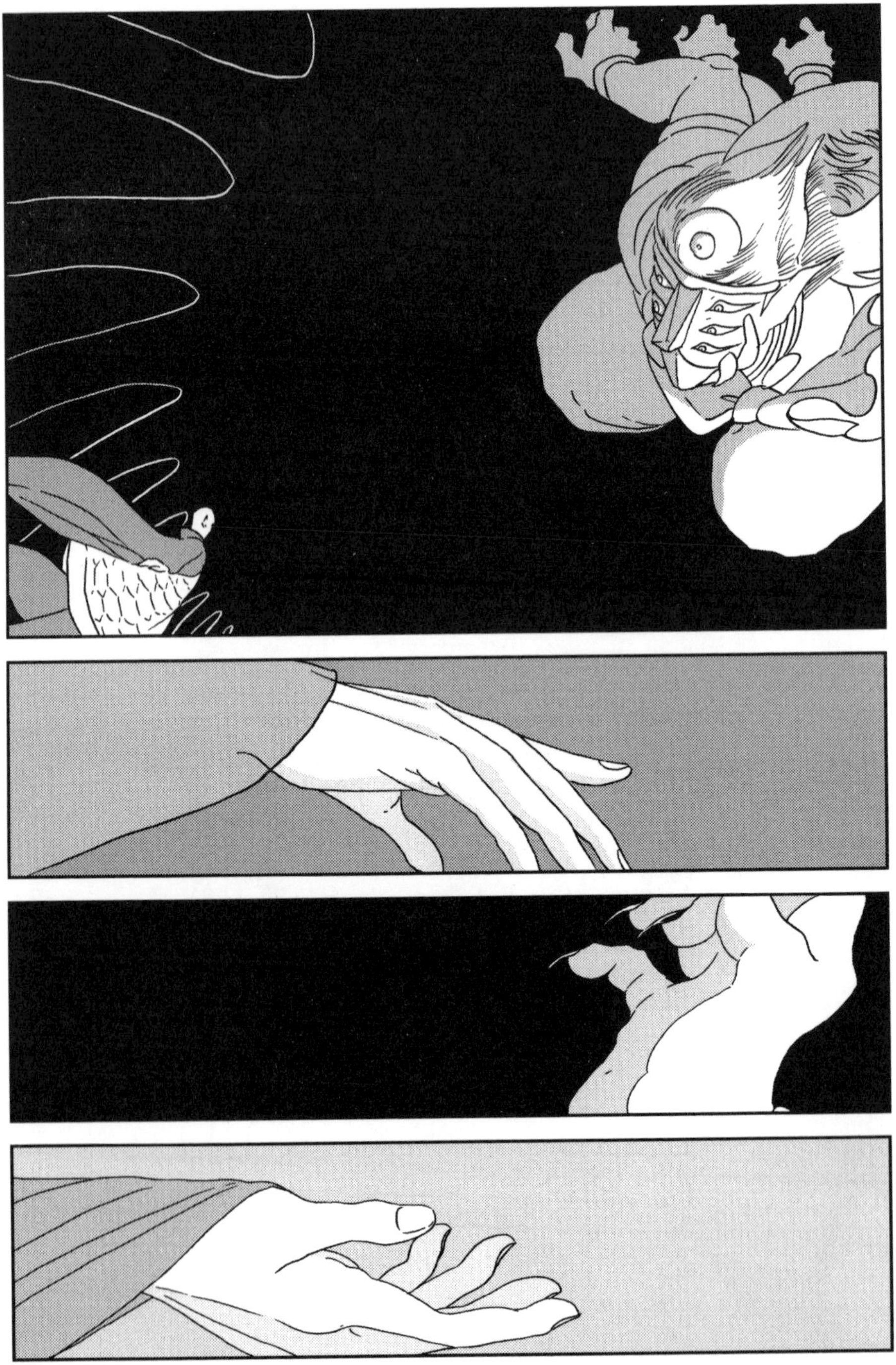

輕摸
坐下。
ド
咚
嘶
趴下。
下巴。

掙脫
……小白，
你啊，
手怎麼啦？

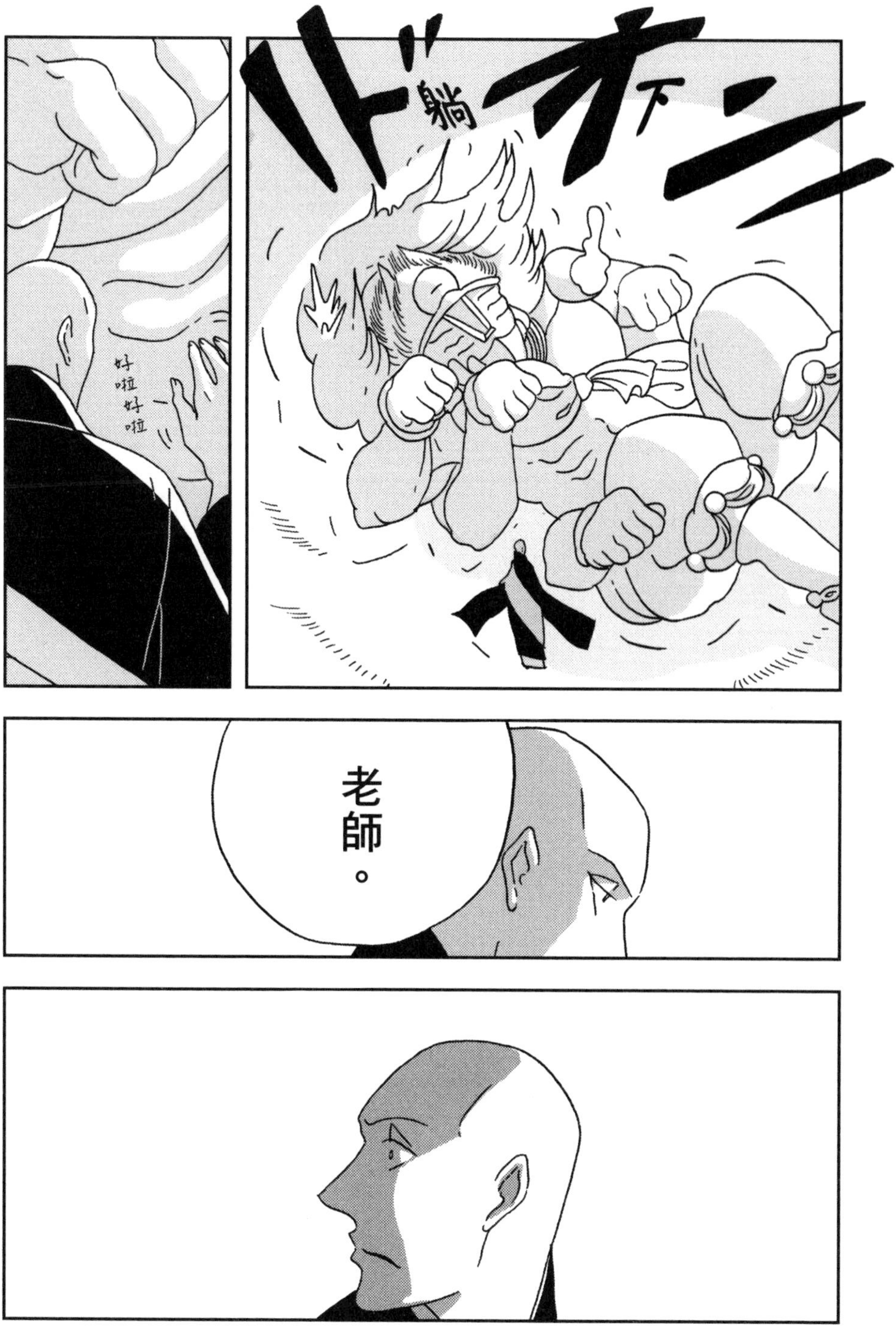
ドォン
躺下
好啦好啦
老師。

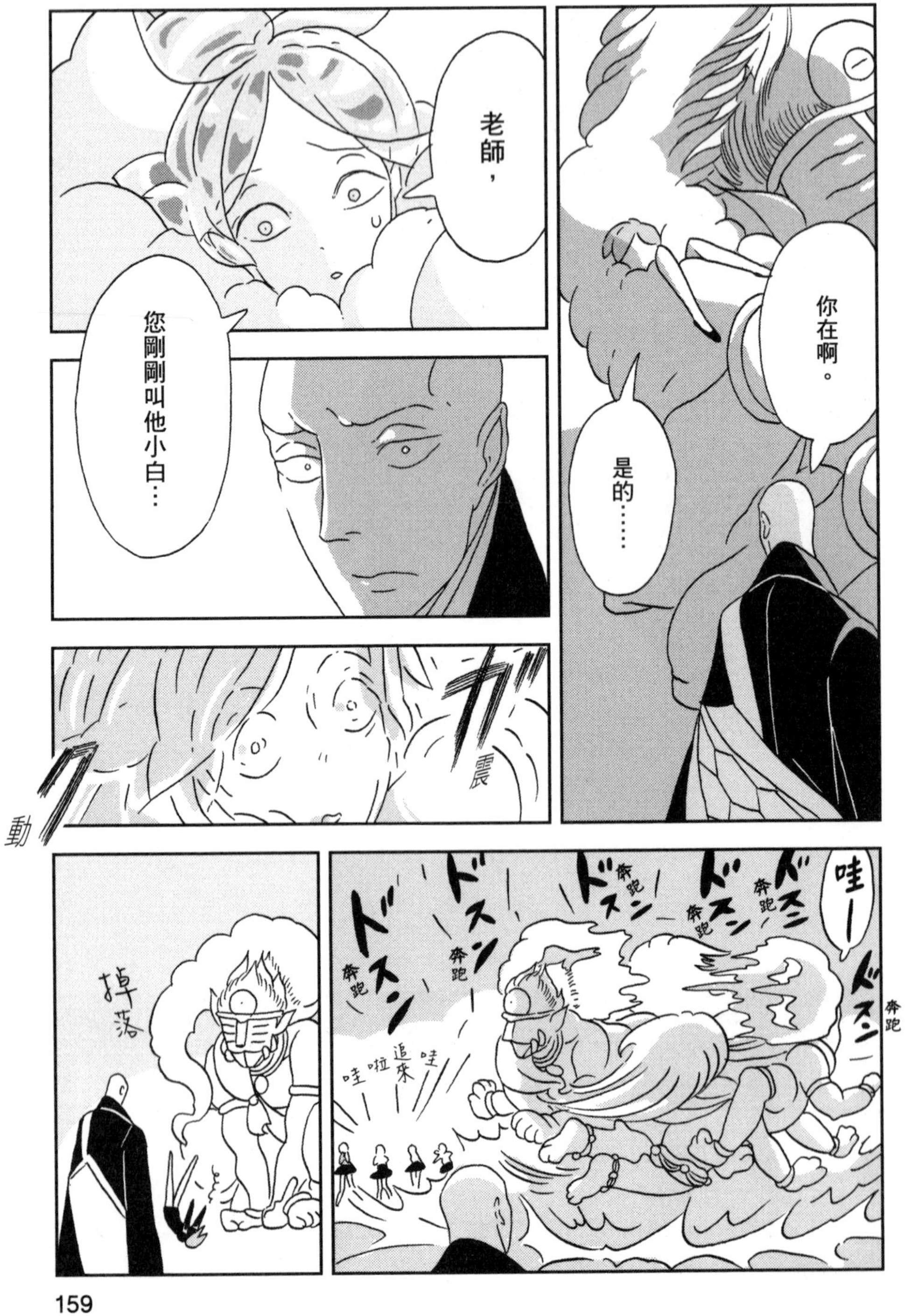
你在啊。
是的……
老師，
您剛剛叫他小白……
ガク
震動
哇—
ドスン
奔跑
哇啦追來哇
掉落

老師，
請問，
您認得他嗎？
不。

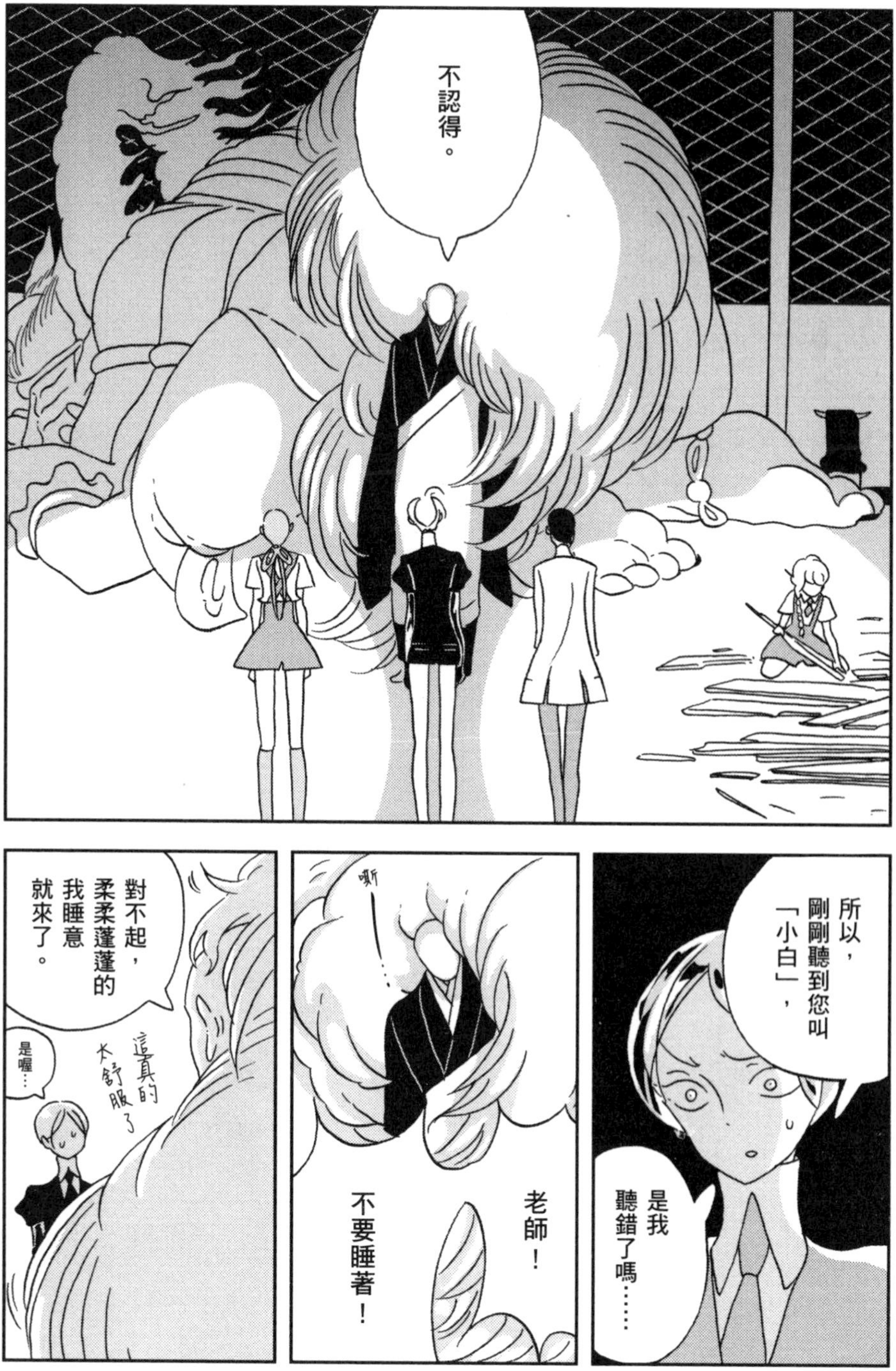

不認得。
所以，剛剛聽到您叫「小白」，
是我聽錯了嗎……
老師！
不要睡著！
對不起，柔柔蓬蓬的我睡意就來了。
這真的太舒服了
是喔…

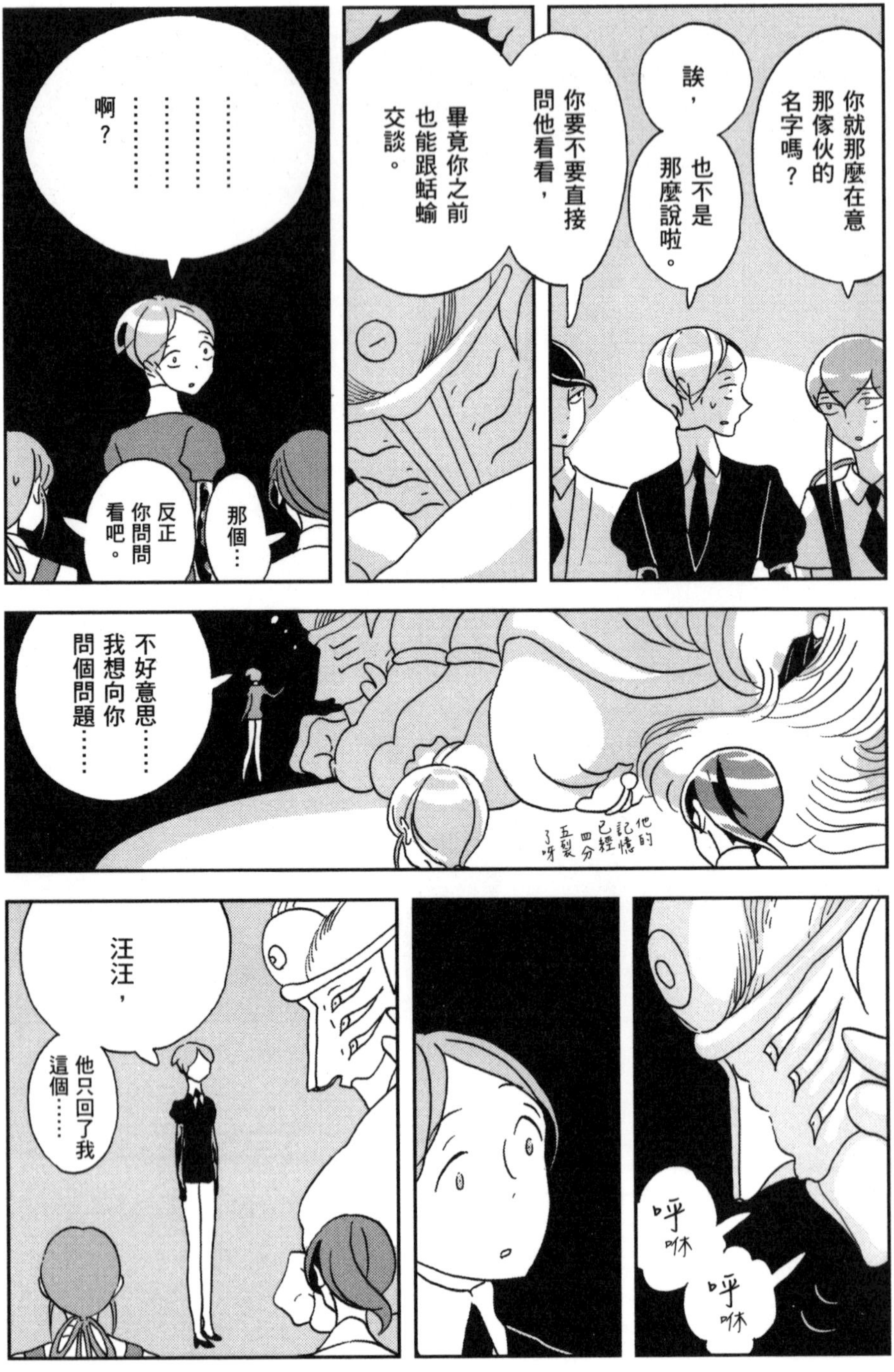
你就那麼在意那傢伙的名字嗎？
誒，也不是那麼說啦。
你要不要直接問他看看，畢竟你之前也能跟蛞蝓交談。
……
……
……
啊？
那個……
反正你問問看吧。
不好意思……我想向你問個問題……
他的記憶已經四分五裂了呀
呼咻
呼咻
汪汪，
他只回了我這個……

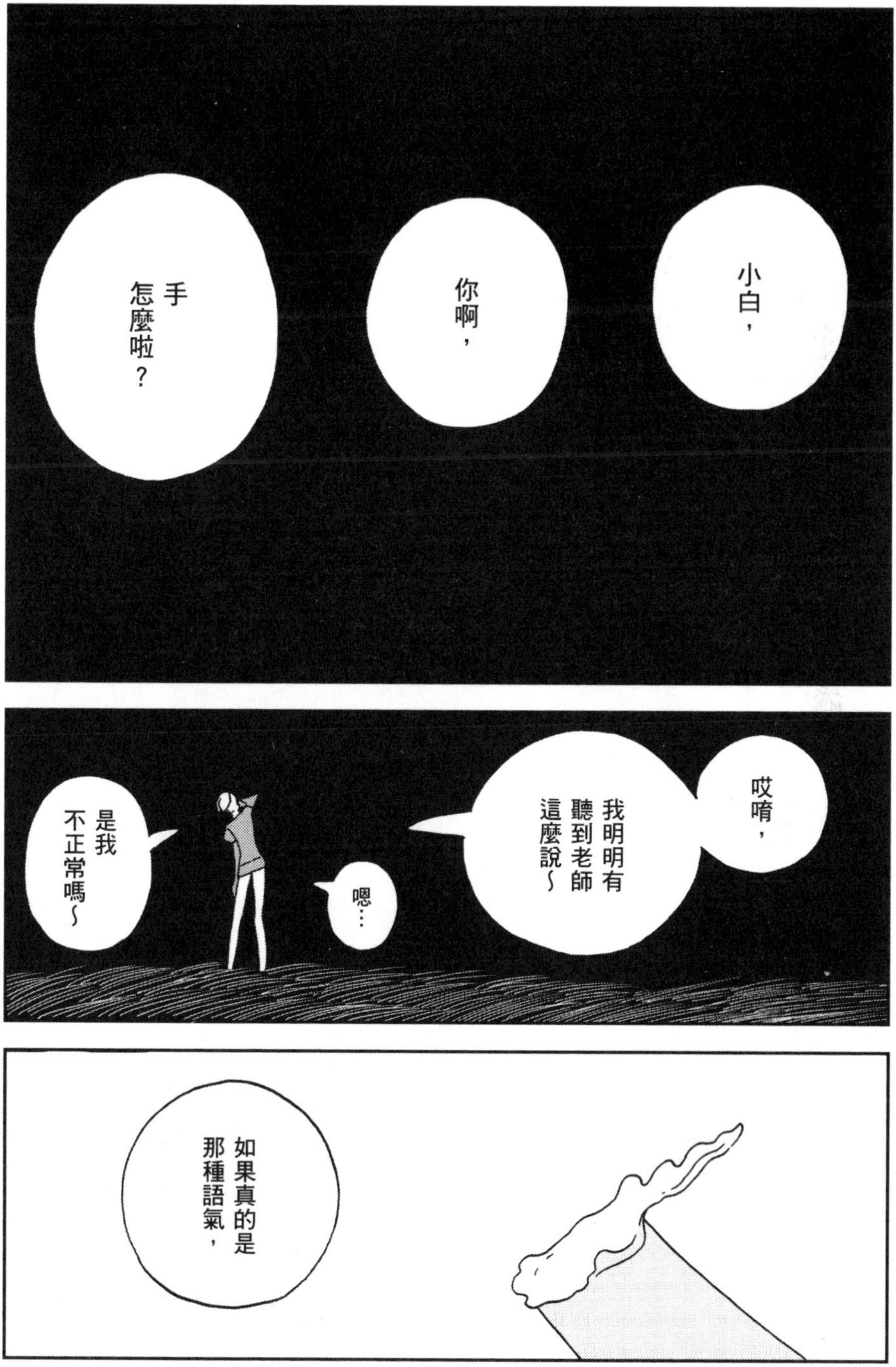
小白，
你啊，
手怎麼啦？
哎唷，
我明明有聽到老師這麼說～
嗯…
是我不正常嗎～
如果真的是那種語氣，

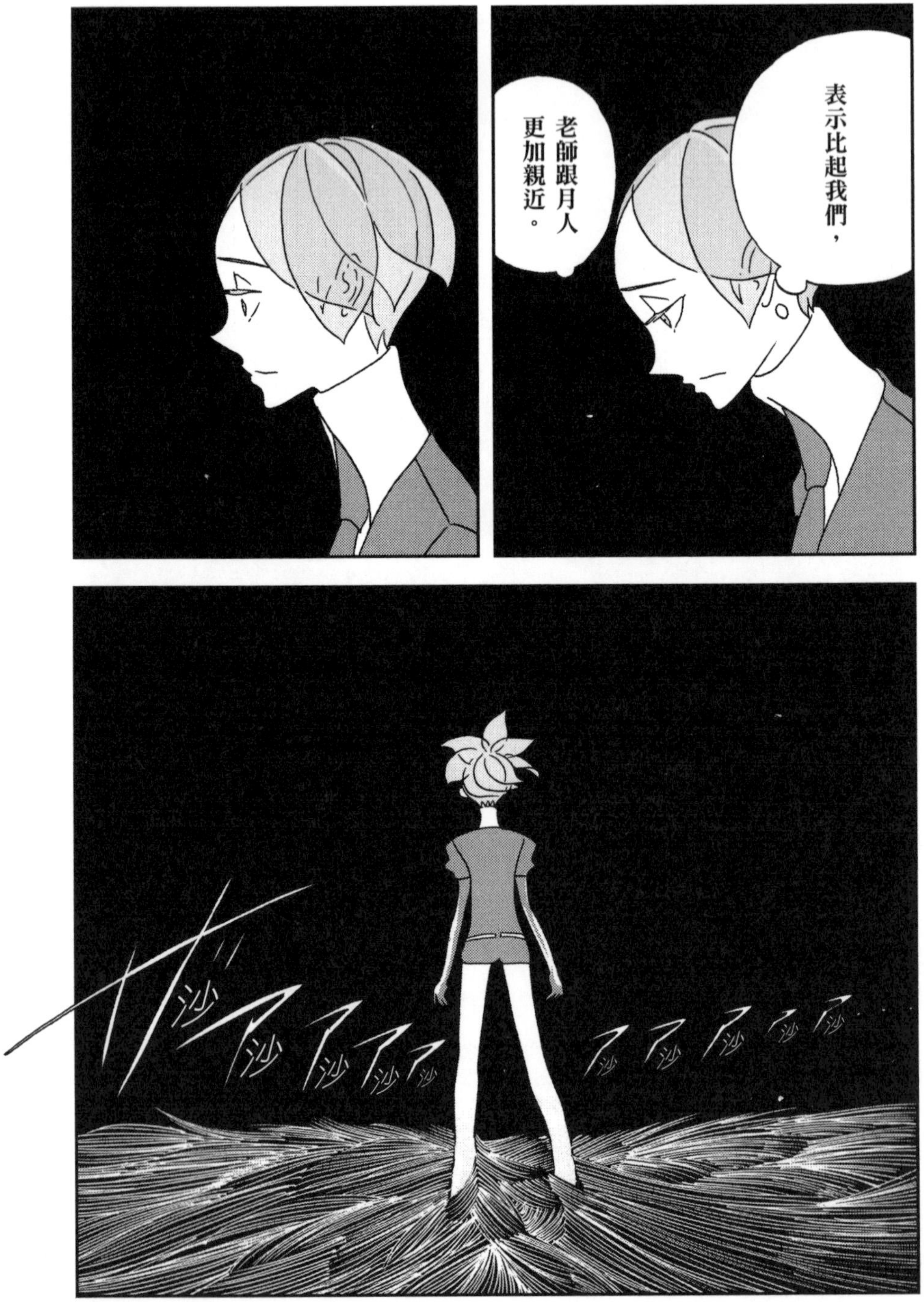
表示比起我們，
老師跟月人更加親近。
沙沙沙沙沙
沙沙沙沙沙

我怎麼會有，
這種既不合理，
又不應該的想法呢。

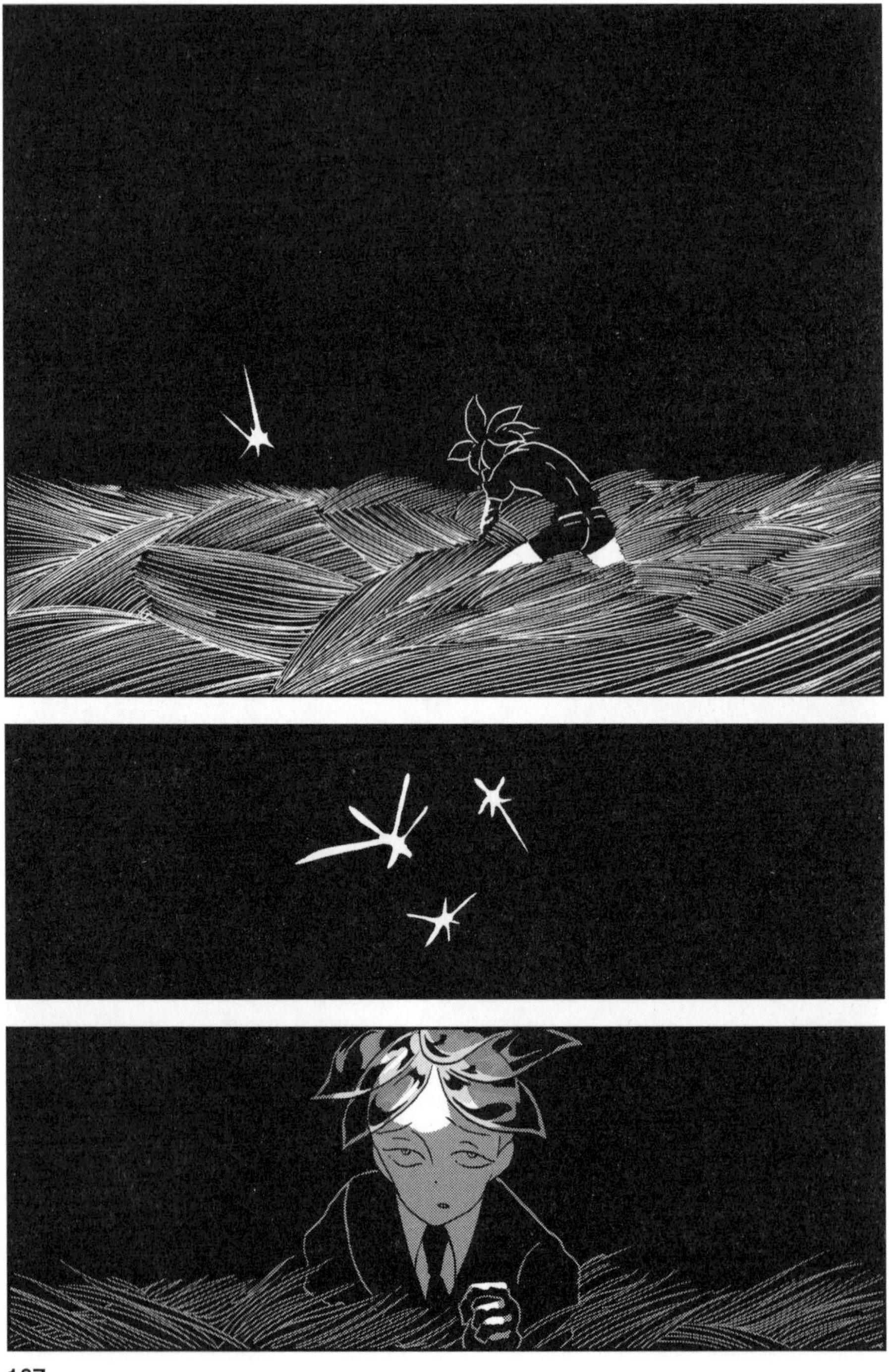

〔第二十七話　秘密〕　終

第二十八話
小白

這個，

是黑鑽的吧。
這也是。
這不是他的。
那那隻是什麼東西？
跟鞋子一起掉的。
這隻，
是月人的一部分，而且恐怕……

是老師的。
辰砂。

我總覺得，
老師有什麼事情瞞著我們。
你是指，
跟月人的關係嗎？
你早就知道了！
那為什麼…

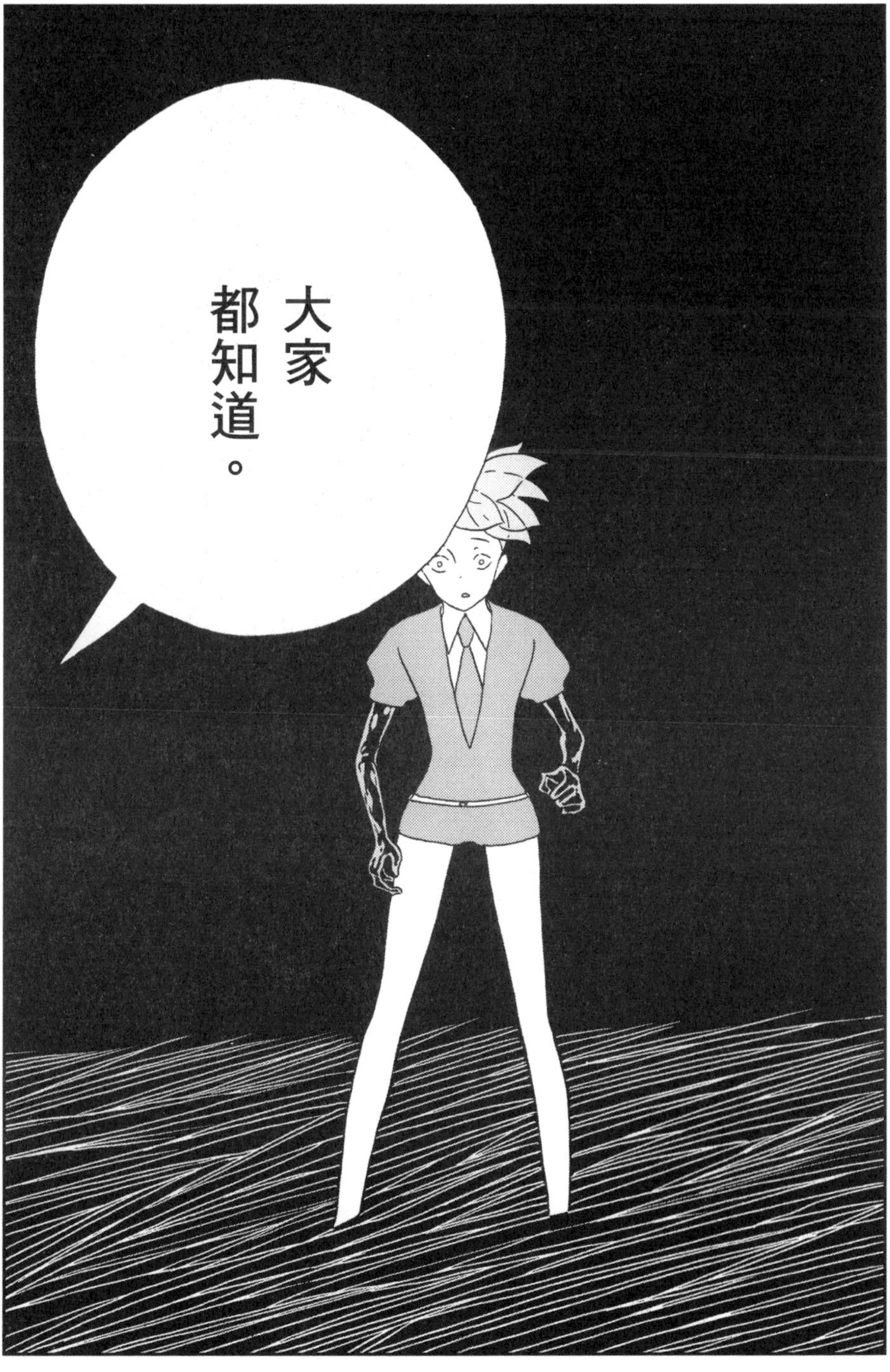
大家都知道。

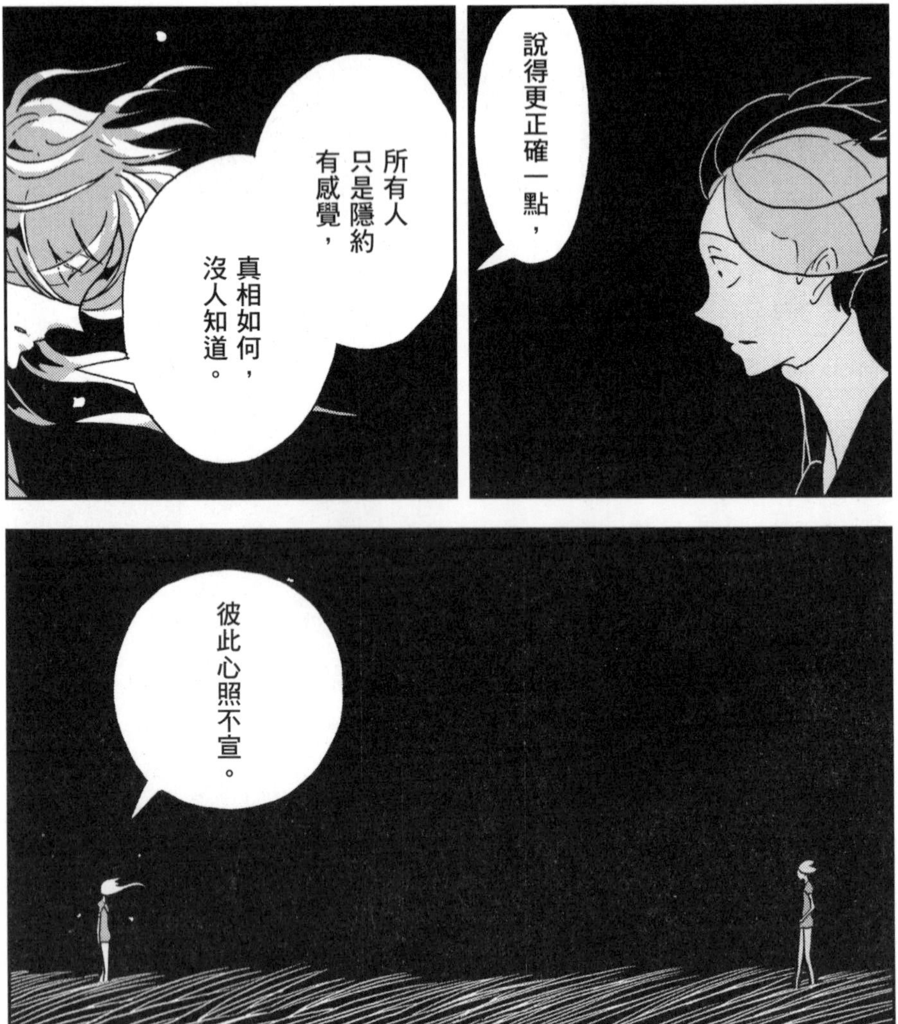
說得更正確一點，
所有人只是隱約有感覺，
真相如何，沒人知道。
彼此心照不宣。
那是因為大家已經決定，
就算再怎麼錯，還是選擇信任老師。

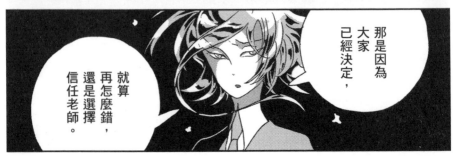

我，
你也是嗎？
還在審判中。

你呢？

我，
我想，
知道真相。
我需要去問老師的勇氣。
勇氣。
又是勇氣。
劈哩
到底還需要多少勇氣？

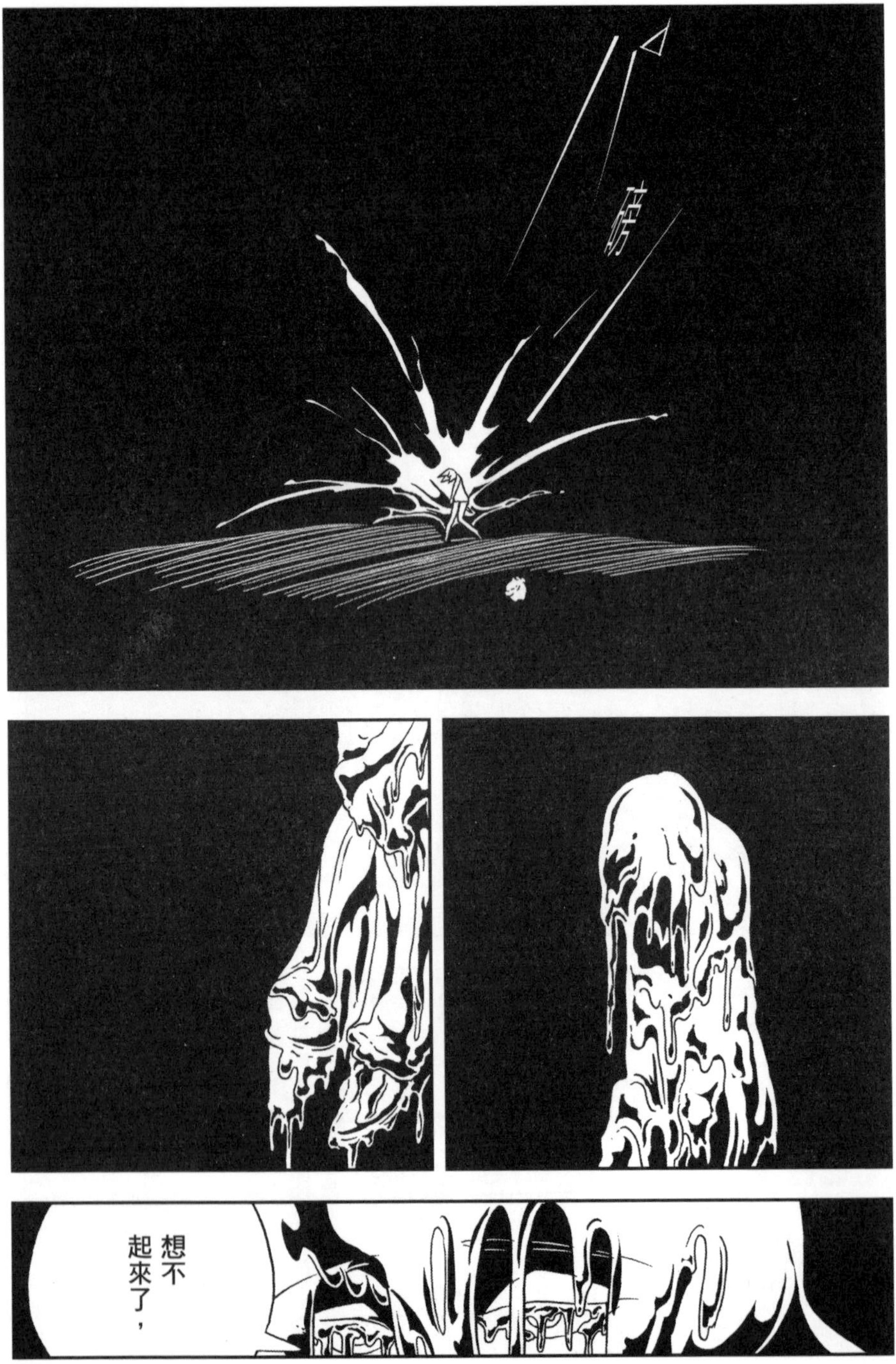
磅
想不起來了，

我一開始的願望
是什麼啊……
喂！
跑
抖

等等啊！

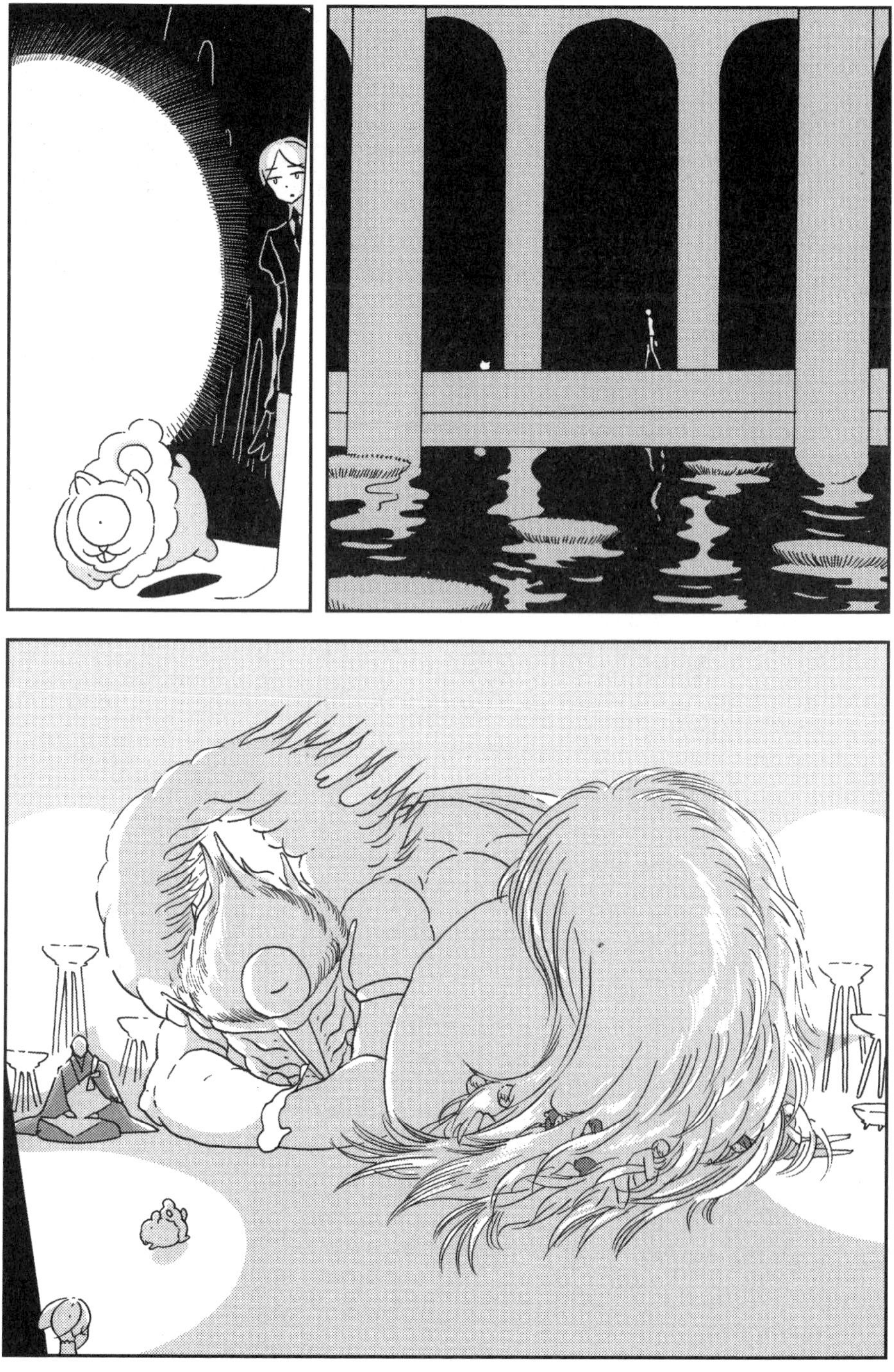

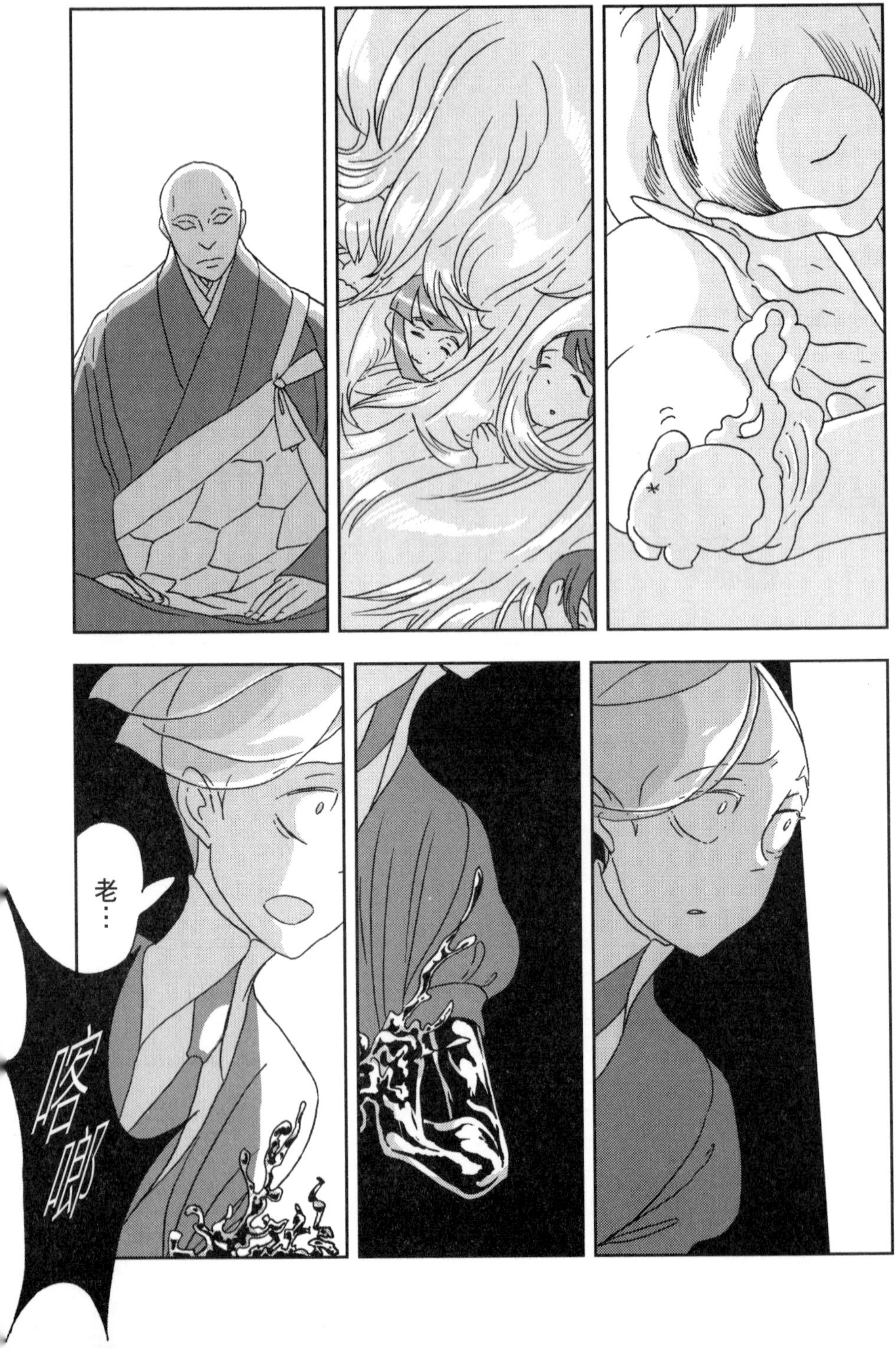
老…
喀啷

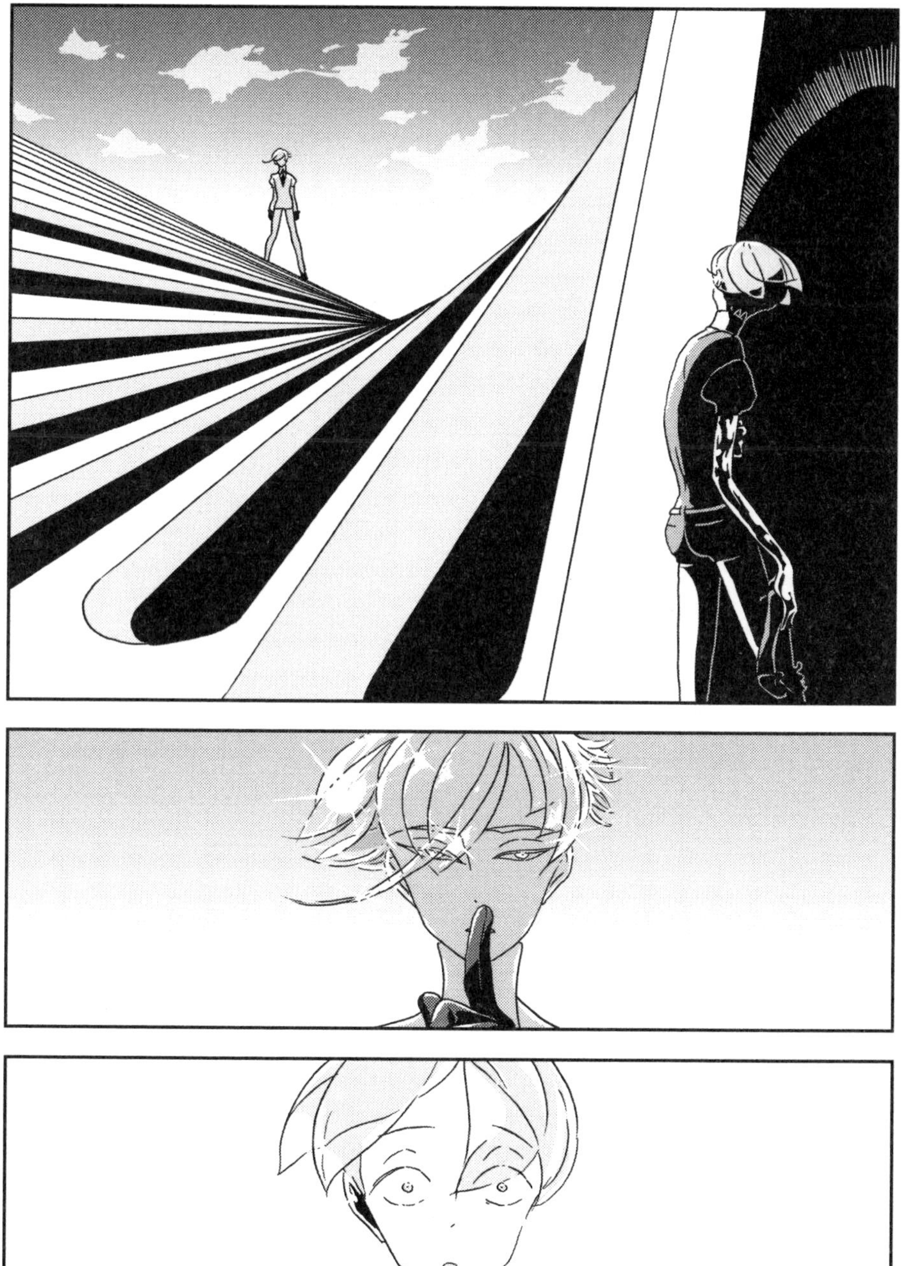

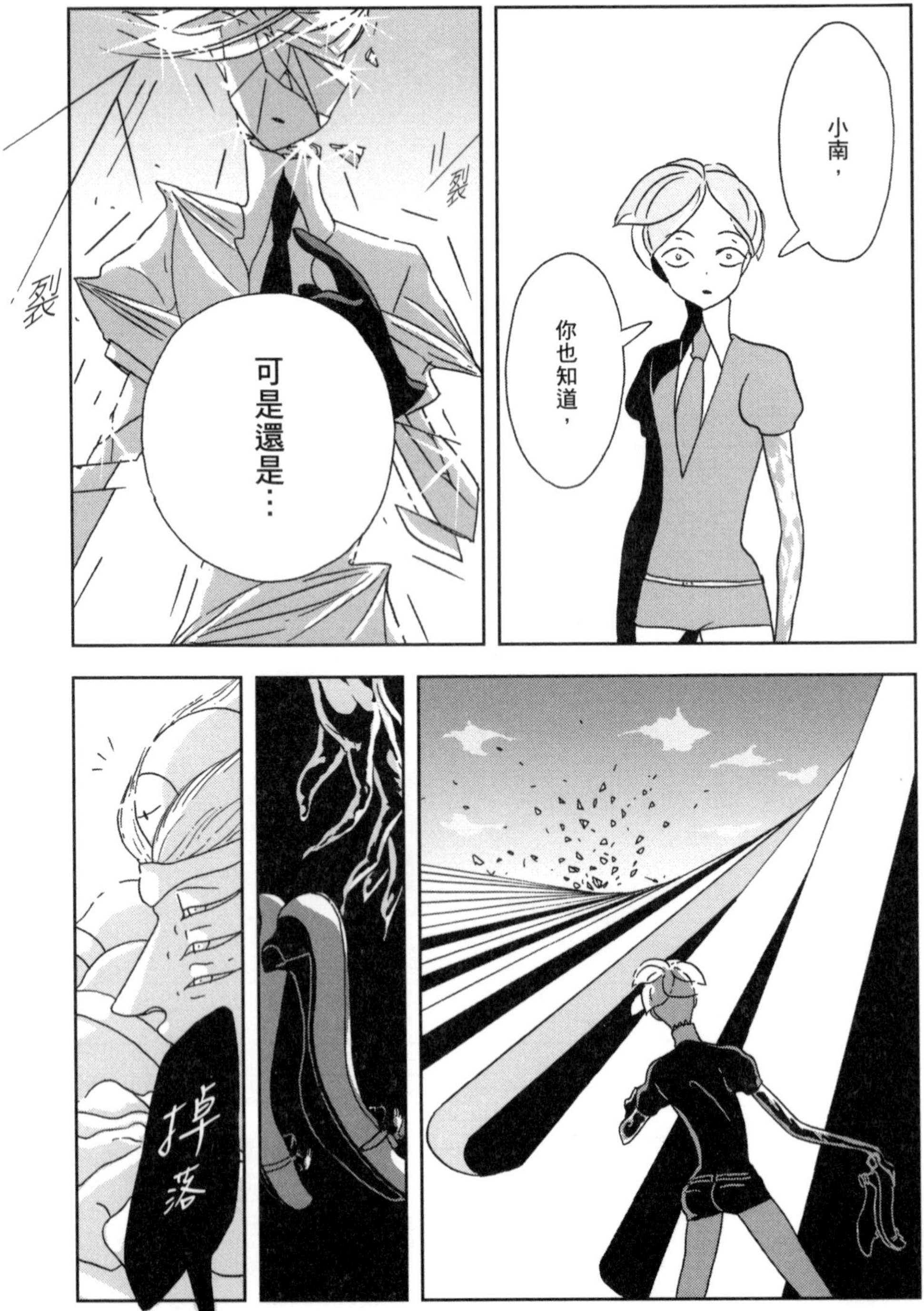
小南，
你也知道，
可是還是…
裂
裂
掉落

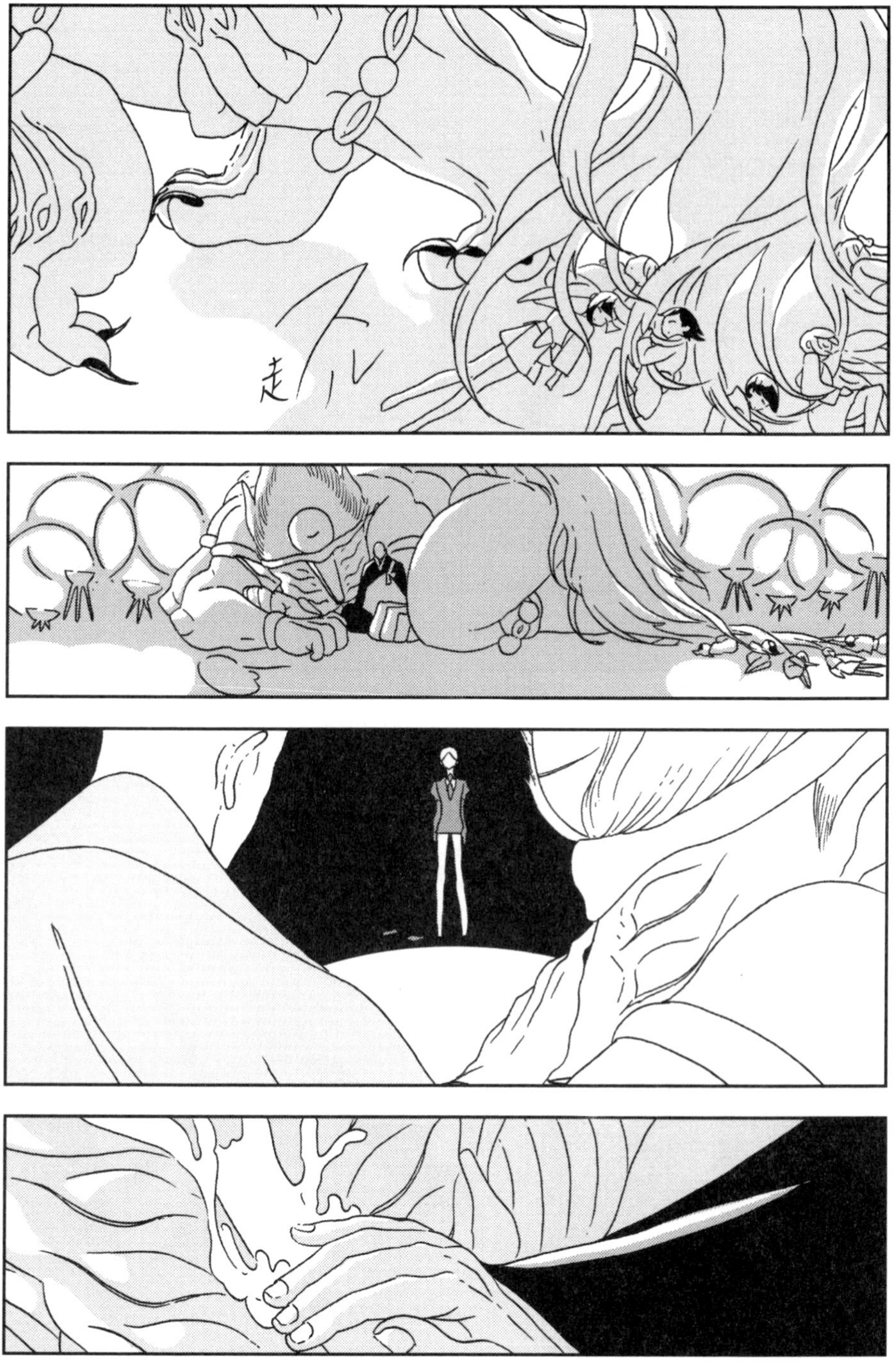
走

他，要回月亮了嗎？
不。
他似乎，
舔

滿足了。

有什麼心得嗎？
跟黑鑽搭檔過後，
有的。
黑鑽超乎我想像的知識淵博且深思熟慮，
判斷的速度及準確度之高，任誰都能從中學到東西。
我建議每個人都該試著跟黑鑽搭檔一次。
嗯。
那你呢？
有件事我想要獨自去調查。

是關於月人的事。

想知道更深，

〔第二十八話　小白〕　終

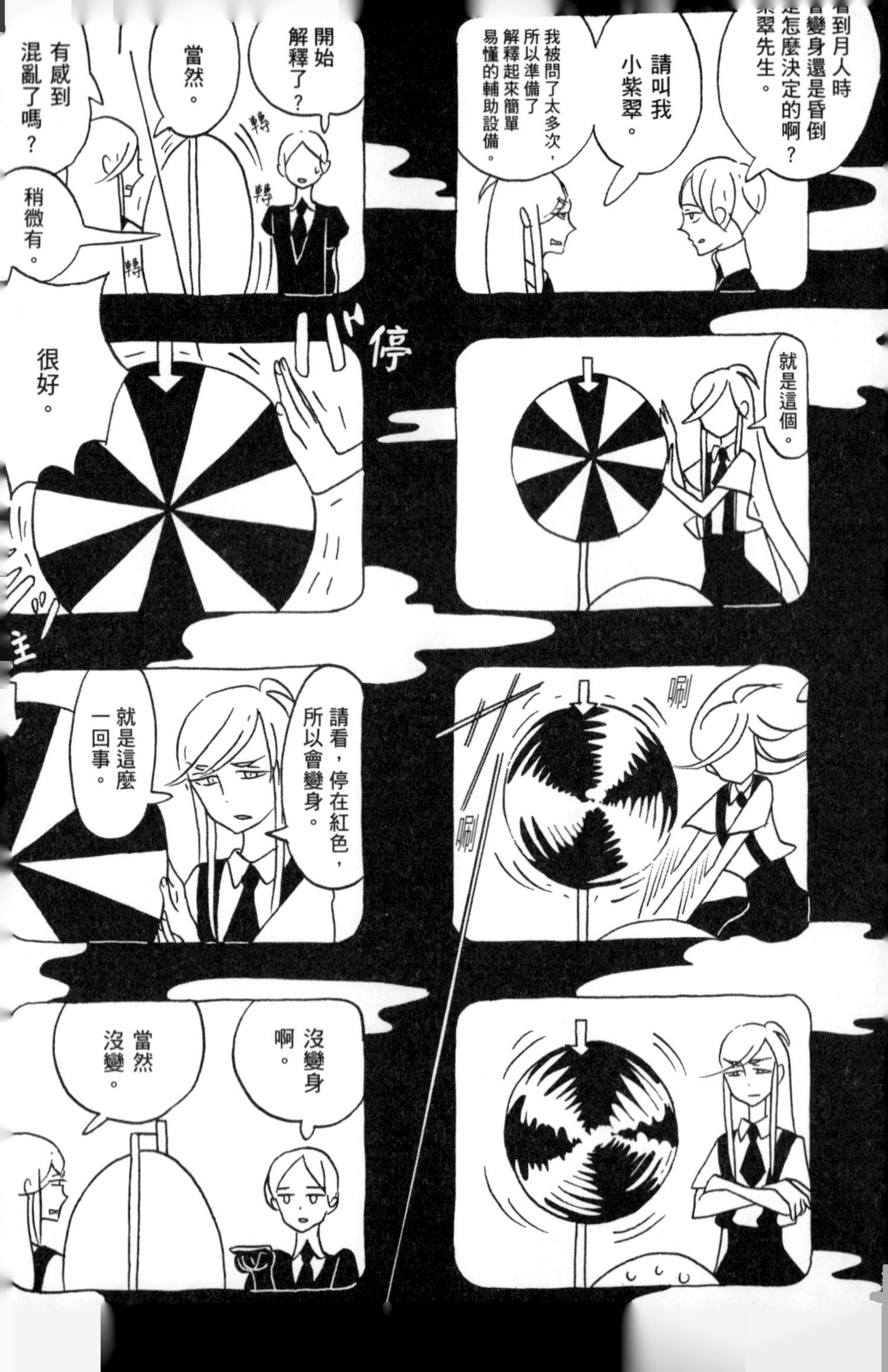
看到月人時會變身還是昏倒是怎麼決定的啊？紫翠先生。
請叫我小紫翠。
我被問了太多次，所以準備了解釋起來簡單易懂的輔助設備。
就是這個。
唰
唰
開始解釋了？
轉
轉
當然。
有感到混亂了嗎？
稍微有。
轉
停
很好。
請看，停在紅色，所以會變身。
就是這麼一回事。
沒變身啊。
當然沒變。

我最早為了克服這情況，又是畫畫又是作研究。
是齁。
所以看圖就沒問題啊？
還可以啦。
不知不覺就開始編輯並更正起舊的資料，
希望能在大家戰鬥時提供有用的情報了。
立體的呢？
技術變好了
顏色不對。
這可不是因為個人嗜好在玩呀！
要感謝我唷！
小鑽。
都是些沒看過的月人耶。
啊，那個，
那是記錄我自創月人的本本。
好想看你變身喔。
才不要咧。
完結

ISBN 978-986-235-702-6

售價：250 元

本書如有缺頁、破損、倒裝，請寄回更換

PaperFilm FC2028

宝石之国 4

2018 年 10 月　一版一刷
2024 年 5 月　一版九刷

作　　者／市川春子
譯　　者／謝仲庭
責任編輯／謝至平
行銷企劃／陳彩玉、朱紹瑄、陳玫潾
書系顧問／鄭衍偉（Paper Film Festival 紙映企劃）
中文版裝幀設計／馮議徹
排　　版／漾格科技股份有限公司
編輯總監／劉麗真
事業群總經理／謝至平
發 行 人／何飛鵬
出　　版／臉譜出版
城邦文化事業股份有限公司
台北市南港區昆陽街16號4樓
電話：886-2-25000888　傳真：886-2-25001951
發　　行／英屬蓋曼群島商家庭傳媒股份有限公司城邦分公司
台北市南港區昆陽街16號8樓
客服專線：02-25007718；25007719
24小時傳真專線：02-25001990；25001991
服務時間：週一至週五上午09:30-12:00；下午13:30-17:00
劃撥帳號：19863813　戶名：書虫股份有限公司
讀者服務信箱：service@readingclub.com.tw
城邦網址：http://www.cite.com.tw
香港發行所／城邦（香港）出版集團有限公司
香港九龍土瓜灣土瓜灣道86號順聯工業大廈6樓A室
電話：852-25086231或25086217　傳真：852-25789337
電子信箱：citehk@biznetvigator.com
新馬發行所／城邦（新、馬）出版集團
Cite（M）Sdn. Bhd.（458372U）
41, Jalan Radin Anum, Bandar Baru Sri Petaling,
57000 Kuala Lumpur, Malaysia.
電話：603-90578822　傳真：603-90576622
電子信箱：cite@cite.com.my

作者／市川春子
以投稿作《蟲與歌》（虫と歌）榮獲Afternoon　2006年夏天四季大賞後，以《星之戀人》（星の恋人）出道。首部作品集《蟲與歌　市川春子作品集》獲得第十四屆手塚治虫文化賞新生賞，第二部作品《二十五點的休假　市川春子作品集2》（25時のバカンス 市川春子作品集 2）獲得漫畫大賞2012第五名。《寶石之國》是她首部長篇連載作品。

譯者／謝仲庭
音樂工作者、吉他教師、翻譯。熱愛音樂、書本、堆砌文字及轉化語言。譯有《悠悠哉哉》、《攻殼機動隊1.5》等。
